서문문고
318

시몬 마샤르의 환상

베르톨트 브레히트 지음

피 종 호 옮김

Die Gesichte der Simone Machard

차 례

▨ 등장인물

필립 샤베	생마르탱 시의 시장 (꿈속에서는 칼 7세[1])
오노레 페텡	중대장, 부유한 포도농장의 소유자 (꿈속에서는 부르군트 왕국의 공작)
앙리 수포	숙박업소 주인 (꿈속에서는 원수(元帥))
마리 수포	앙리의 어머니 (꿈속에서는 왕의 어머니인 이사보[2])
대령	(꿈속에서는 보베의 주교)
독일 대위	(꿈속에서는 영국군의 최고 지휘관)
시몬 마샤르	(꿈속에서는 오를레앙의 처녀)
모리스, 로베르	(운전사들/ 숙박업소의 종업원)
조르주, 페르 귀스타프	숙박업소의 종업원
테레제	숙박업소의 하녀
마담 마샤르	시몬의 어머니
무슈 마샤르	시몬의 아버지
중사	
천사	
그밖의 조연자들	

---

1) 역자 주 ; 1429년 오를레앙의 전투에서 승리하여 프랑스의 왕이 됨.

2) 역자 주 ; 프랑스 국왕인 칼 4세의 왕비이자 칼 7세의 어머니.

시몬 마샤르의 환상

　이 이야기는 1940년 6월, 파리에서 남쪽으로 향한 큰 거리에 인접한 중부 프랑스의 작은 도시인 생마르탱 시에서 전개된다. 무대는 '뒤 러레'라는 숙박업소의 마당이다. 배경으로 지붕이 낮은 자동차 차고가 있다. 관객의 오른편에는 후문이 있는 여관이 있다. 왼편에는 운전사들을 위한 작은 방이 딸린 숙박업소의 저장창고가 있다. 저장창고와 차고 사이에 상당히 큰 출입문이 거리로 나있다. 차고는 넓어보이고, 그것으로 이 숙박업소가 운송업을 겸한다는 것을 알 수 있다.

1. 책

　　　　오른팔에 붕대를 감고 있는 군인 조르주가 고무 타
이어를 수리하고 있는 늙은 페르 귀스타프 옆에 앉아
서 담배를 피우고 있다. 여관의 운전사인 모리스와
로베르 형제는 하늘을 응시하고 있다. 비행기 소리가
들린다. 6월 14일[3] 밤이다.

로베르　저건 분명 우리 비행기일 거야.

모리스　그럴 리가 없어.

로베르　(조르주를 부르며) 조르주, 저거 우리 비행기야?

　　　　아니면 독일 비행기야?

조르주　(붕대 감은 팔을 조심스레 움직이며) 이제 팔 윗 부

　　　　분에도 감각이 전혀 없어.

페르 귀스타프　움직이지 말아. 그러면 좋지 않아.

---

3) 역자 주 : 파리 시가 독일군에 의해 점령된 날임.

(나이 어린 시몬이 긴 앞치마를 두르고, 아주
큰 신발을 신고 들어온다. 그녀는 빨랫감이
담긴 무거운 바구니를 끌고 있다.)

로베르   무겁니?

(시몬은 고개를 끄덕이고, 휘발유 주유기의
받침대앞까지 바구니를 계속 끌고 간다. 남자
들은 담배를 피우며 그녀를 응시하고 있다.)

조르주   (페르 귀스타프에게) 붕대 때문일까요? 어제부터
  팔이 점점 더 굳어지네요.

페르 귀스타프   시몬아, 조르주 씨에게 창고에서 사과
  주를 좀 갖다 드려라.

시　몬　(자기의 바구니를 내려놓으면서) 주인께서 또 보시
  면 어떻게 하죠?

페르 귀스타프   이야기한 대로 해라.

(시몬이 간다.)

로베르   (조르주에게) 누구에게도 대답할 수 없다는 거

야? 군복을 입고 있으면서 비행기가 오는데 한 번도 쳐다보지 않다니! 자네들 같은 군인으로는 전쟁에서 지고 말지.

조르주   무슨 이야기를 하는 거야, 로베르? 지금, 이 팔 윗 부분이 마비되어 가고 있단 말이야. 페르 귀스타프는 단지 붕대 때문이라고 생각하고 있어.

로베르   나는 자네에게 우리 위를 날고 있는 것이 어떤 비행기인지 묻고 있잖아.

조르주   (쳐다보지도 않고) 독일 비행기야. 우리 비행기는 이륙하지도 않았어.

    (시몬이 맑은 포도주병을 들고 되돌아와서 군 인인 조르주에게 따라 준다.)

시 몬   조르주 씨, 우리가 전쟁에 지고 있다고 생각하세요?

조르주   우리가 전쟁에 지든 이기든간에 나는 두 팔이 필요하단 말이야.

(주인인 앙리 수포 씨가 거리에서부터 들어온
다. 시몬이 재빨리 포도주를 숨긴다. 주인은
문에 서서 안마당에 누가 있는지를 살핀다.
그리고는 거리 쪽으로 손짓을 한다. 커다란
여름외투를 입은 신사가 들어온다. 주인은 그
와 함께 마당을 지나면서 일부러 그를 가린
다. 그리고는 여관 안으로 사라진다.)

페르 귀스타프   자네들은 여름외투를 입은 그 사람을
자세히 보았나? 그는 장교라네. 연대장이지. 최
전방에서 탈영한 사람이 하나 너 있군. 그런 사
람들은 눈에 띄기를 원하지 않지. 하지만 3인 분
의 식사를 먹어치우더군.

(시몬이 그녀의 바구니 있는 데로 간다. 휘발
유 주유기의 받침대 위에 앉아서, 바구니 위
에 놓여 있던 책을 읽기 시작한다.)

조르주   (자신의 포도주를 마시면서) 로베 때문에 매우 화
가 납니다. 그의 견해에 따르면, 나 같은 군인으
로는 전쟁에 진다고 하는데 말이에요. 그러나 이

미 사람들은 나로 인해 다른 것들을 얻었단 말이에요. 분명히 그래요. 예를 들어, 나는 투르에 있는 어느 신사에게 신발을 주었고, 보르드에서는 내 헬멧을 주었죠. 내 상의는 푸른 해안 가의 성에 바쳐졌어요. 그리고 내 각반은 일곱 마리의 경주용 말에 쓰여졌지요. 전쟁이 나기 오래 전에 이미 프랑스는 나 때문에 이렇게 좋은 날들을 맞았던 겁니다.

페르 귀스타프　그러나 전쟁에 질 거야. 그 소매 없는 외투를 입은 자4)들에 의해서 말이야.

조르주　그래요. 200개의 격납고에는 1,000대의 전투기가 있죠. 값은 이미 치러졌어요. 승무원도 배치되었고, 시험 비행도 하였죠. 그러나 프랑스가 위험에 처해 있는데도 이륙하지 않고 있어요. 요새는5) 100억 프랑을 들여 강철과 시멘트로 지었는데 길이가 1,000킬로미터에 지하 7층으로 되어 있죠. 하지만 모두가 놀랍게도 전투는 그

---

4) 역자 주 ; 프랑스 군인들의 제복으로 프랑스 군을 말함.
5) 역자 주 ; 마지노선을 의미함.

옆 들판에서 일어나고 있어요. 그리고 전투가 시
작되자 우리 연대장은 자신의 차를 타고 후방으
로 가버렸고, 그 뒤에 포도주와 식료품을 실은
두 대의 차가 따라갔죠. 200만 명이라는 사람들
이 기꺼이 죽을 각오로 명령을 기다리고 있었어
요. 하지만 국방부장관의 애인과 국무총리 애인
의 의견이 서로 일치하지 않아 명령이 떨어지지
않았죠. 그래요. 우리의 요새는 땅 속에 처박혀
있어요. 바퀴가 달린 적들의 요새는 우리 위로
굴러가고 있지만 어떤 것도 적들의 탱크를 멈추
게 할 수는 없어요. 그들이 기름을 가지고 있는
한 말이에요. 그들은 우리의 주유소에서 기름을
가져가고 있어요. 내일 아침에 그들은 우리 주유
소 앞에 서있을 겁니다. 시몬아, 네 기름을 그
안에 넣어 비워 버려라. 포도주 고맙구나.

로베르 탱크에 관해서 말하지 마. (시몬에게서 고개를 돌
리면서) 그녀가 있을 때엔……, 그녀의 오빠가 전
방에 있단 말이야.

조르주   그녀는 책에만 박혀 있어.

페르 귀스타프   (로베르에게) 카드 한 판 할까?

로베르   머리가 아파요. 우리는 온종일 피난민들 행렬 사이로 중대장의 포도주통들을 날랐어요. 민족의 이동이었지요.

페르 귀스타프   중대장의 포도주는 피난민 모두에게 매우 중요해. 그렇게 생각하지 않아?

조르주   그 사람이 파시스트라는 것은 세상이 다 알아요. 분명히 그는 참모부에 있는 동료를 통해 전방에서 무언가 잘못되고 있다는 낌새를 알아차렸을 겁니다.

로베르   모리스는 화가 나있어요. 여자들과 아이들 사이로 그 빌어먹을 놈의 포도주통을 실어 나르는 것이 지겹다고 말하고 있죠. 나는 잠이나 자야겠군요. (그가 퇴장한다.)

페르 귀스타프   그러한 피난민 행렬은 작전을 수행하는데 파멸을 가져오지. 탱크는 어떠한 늪지라도 통과할 수 있지만, 사람들 사이에서는 그냥 서 있어야만 하지. 시민들의 이동이 전쟁에는 가장 나쁜 것으로 생각된다네. 전쟁이 시작되면 그들을 즉시 다른 행성으로 옮겨야 하네. 그들은 방해가 될 뿐이니까. 국민을 포기하든지 전쟁을 그만두든지 하나만 해야지. 두 가지 다 할 수는 없으니 말이야.

(조르주는 시몬 옆에 앉는다.)

조르주   (바구니에 손을 집어넣으면서) 빨랫줄에 걸려 있던 흠뻑 젖은 빨래들을 가져왔구나.

시 몬   (책을 계속 읽는다.) 피난민들이 항상 그 테이블보들을 훔쳐가서요.

조르주   기저귀나 발싸개로 쓰나 보지.

시 몬   (책을 계속 읽으며) 아주머니가 검사하시거든요.

조르주   (책을 가리키며) 여전히 '오를레앙의 처녀'니?6)

시 몬   (고개를 끄덕인다.)

---

6) 역자 주 ; 1429년 5월 8일 잔 다르크는 영국에게 점령당한 이 도시를 수복하는 전투에 참여함으로써 오를레앙의 처녀로 불림.

조르주　　누가 네게 그 책을 주었니?

시　몬　　주인께서요. 그러나 다 읽지는 못했어요. 이제
　　　　겨우 72페이지를 읽고 있는 걸요. 그 소녀가 영
　　　　국인들을 격퇴하고 랭스 시7)에서 대관식을 하는
　　　　부분이에요. (책을 계속 읽는다.)

조르주　　도대체 너는 왜 그 오래된 쓸데없는 것을 읽
　　　　고 있니?

시　몬　　저는 어떻게 진행되는지 알아야 해요. 프랑스
　　　　가 세상에서 가장 아름다운 나라라는 게 사실인
　　　　가요, 조르주 씨?

조르주　　책에 그렇게 써 있니?

시　몬　　(고개를 끄덕인다.)

조르주　　나는 세상 전부를 알지 못해. 그러나 그렇게들
　　　　말하지, 아름다운 나라란 사람들이 사는 바로 그
　　　　곳이라고.

시　몬　　예를 들어 지롱드8)는 어때요?

---

7) 역자 주 : 이곳에서 1429년 7월 17일에 칼 7세가 프랑스의 왕이
　　됨.
8) 역자 주 : 프랑스 남서부 지방.

조르주   내가 알기로는, 그곳은 포도주로 유명하지. 프
         랑스는 포도주를 많이 마시는 나라라고들 하거
         든.
시 몬   센 강에는 작은 배들이 아주 많다면서요?
조르주   약 1,000척쯤 될 거야.
시 몬   그럼 당신이 일했던 생데니9)는 어때요?
조르주   그곳엔 특별한 게 없어.
시 몬   그렇지만 보통 때는 매우 아름다운 곳이잖아
         요.
조르주   흰 빵과 포도주, 그리고 생선들이 아주 좋지.
         오렌지색 차양을 한 카페는 나무랄 데 없이 그만
         이야. 고기와 과일이 있는 큰 시장은 특히 이른
         새벽에 아주 좋지. 산딸기브랜디를 마시는 작은
         술집에는 그런 게 없어. 해마다 열리는 큰 시장
         과 군악대의 연주가 곁들여진 진수식도 볼 만하
         지. 그리고 밑에서 공놀이를 할 수 있는 그런 포

---

9) 역자 주 ; 성(聖) 디오니소스의 이름이 붙여진 도시. 이곳의 수도
   원에 잔 다르크는 칼과 갑옷을 성물로 봉헌했다.

플러나무와 견줄 만한 것이 있겠니? 너는 오늘 다시 식량 봉투를 가지고 체육관으로 가야 되니?

시　몬　공병들이 올 거예요. 그전에 전 가야만 해요.

조르주　어떤 공병들 말이냐?

시　몬　사람들은 부엌에서 공병들을 기다리고 있어요. 그들의 야전 취사차가 피난민들 행렬 속에서 분실되었거든요. 그들은 132부대 소속이에요.

조르주　너의 오빠가 있는 곳 아니니?

시　몬　그래요. 그들은 전방으로 간대요. 여기 책에는 천사가 프랑스의 모든 적을 물리칠 처녀를 원한다고 쓰여 있어요. 하나님도 그걸 원하시고요.

조르주　네가 그 잔인한 몹쓸 것을 읽는다면 항상 악몽을 꾸게 될 거야. 내가 왜 그 신문들을 너에게서 빼앗았겠니?

시　몬　조르주 씨, 정말 탱크들이 사람들의 무리를 뚫고 지나갈까요?

조르주　그럴 거야. 넌 그 책을 충분히 읽었잖아.

> (그는 책을 그녀에게서 뺏으려 한다. 주인이
> 여관의 문으로 들어온다.)

주 인 조르주, 자네는 아침식사하는 방에 아무도 들
어가지 못하게 하는군. (시몬에게) 너는 또 일하
는 동안 책을 읽고 있었구나, 시몬. 그렇게 하라
고 너에게 책을 준 것은 아니다.

시 몬 (열심히 테이블보를 세기 시작한다.) 나는 단지 빨
래들을 셀 때 들여다본 것뿐이예요. 앙리씨 죄송
합니다.

페르 귀스타프 내가 주인님이라면 그 책을 주지 않았
을 거예요, 앙리 씨. 그 책은 그녀의 정신을 아
주 흩뜨려놓죠.

주 인 당치 않은 얘기야. 저만한 나이면 프랑스의 역
사를 차분히 직시할 수 있어야 해. 이 여자 애는
무엇이 프랑스인지 전혀 알지 못하고 있어. (그는
어깨 너머로 집을 향해 말한다.) 장, 아침식사용 방
에 오르되브르10) 좀 가져 와. (다시 마당에 있는

---

10) 역자 주 : 식사를 시작할 때 먹는 간단한 요리.

이들에게) 그 당시 어떤 류의 정신이 깃들어 있었
는지 다시 읽어 보도록 하게. 우리에겐 오를레앙
의 처녀가 필요하다는 것을 하나님이 아실 거야.

페르 귀스타프　(경건한 체하며) 그녀는 어디서 와야 하
죠?

주　인　그녀가 어디서 와야 하느냐고! 어느 곳에서든
지. 누구나 다 그녀가 될 수 있네. 자네도, 조르
주도! (시몬을 가리키며) 저 애도 될 수 있다네. 필
요한 것은 단순한 거라고 아이들조차도 말할 수
있어. 저 애 자신도 나라에 그것을 말할 수 있다
네.

페르 귀스타프　(시몬을 유심히 훑어보며) 오를레앙의 처
녀가 되기에는 아마도 좀 어린 것 같은뎁쇼.

주　인　좀 작다거나 어리다거나 또는 좀 크다거나 나
이가 들었다거나 등등, 정신이 결여된 곳에는 항
상 핑계가 있는 법이야. (다시 어깨 너머로 집 쪽을
향해) 장, 포르투갈산 정어리들을 가져왔나?

페르 귀스타프　(시몬에게) 어때? 너 자신을 변화시키

고 싶니? 나는 요즈음 더 이상 천사가 나타나지 않는 것이 염려되는구나.

주 인   됐네, 페르 귀스타프. 자네는 어린애 앞에서 신랄한 조소를 좀 자제했으면 좋겠어, 너저분한 말은 하지 말고 그녀가 책을 읽게 내버려 두었으면 하네. (안으로 들어가며) 시몬, 다만 한 가지, 일할 때는 책을 읽어서는 안 돼. (퇴장)

페르 귀스타프   (입을 비죽거리고 웃으면서) 조르주, 이건 엄청난 일 아닌가? 저 빨래 하는 애를 오를레앙의 처녀로 교육시켜야 한다니 말이야. 물론 그녀가 쉬는 시간에만 가능하겠지. 어린애들로 인해 우리는 애국심으로 충만해 있군. 저 사람들은 스스로 소매 없는 외투로 변장하고 있어. 다시 말해서 그들은 스스로 사 모은 휘발유를 군대에 배달하지 않고 어떤 벽돌공장에 숨겨놓고 있을 거야.

시 몬   주인은 부당한 짓은 하지 않아요.

페르 귀스타프   그래. 그는 위대한 자선가시지. 적어도

너의 가족들이 돈을 가질 수 있도록 너에게 주급
으로 20프랑을 주니 말이야.

시 몬   그는 제 오빠가 여기서 직장을 잃지 않도록 저
를 고용하고 있는 거예요.

페르 귀스타프   물론 급유인과 여급 사환, 그리고 접시
닦기로서 고용한 거지.

시 몬   그건 전쟁 때문에 그렇죠.

페르 귀스타프   그건 주인에게는 전혀 나쁠 것이 없어.
그렇지 않니?

주 인   (여관 문에서 나온다) 페르 귀스타프, 23년 된
샤브리산 백포도주 반병을 가져오게, 송어를 드
시는 신사분을 위해서 말이야. (여관으로 되돌아간
다.)

페르 귀스타프   그 여름외투를 입은 신사 말이군. 별명
은 연대장인데, 프랑스가 망하기 전에 샤브리 산
백포도주를 한 병 마시길 원하고 있어. (페르 귀
스타프는 저장창고로 퇴장한다. 다음의 장면이 펼쳐지는
동안 그는 샤브리산 백포도주 한 병을 가지고 마당을 지
나 여관으로 들어간다.)

어느 여자의 목소리   (여관의 2층에서) 시몬, 테이블보가
  어디 있지?

　　　　　(시몬은 바구니를 집어들고 여관으로 들어가
　　　　　려고 한다. 그때 거리에서부터 중사와 두 명
　　　　　의 공병이 냄비를 가지고 들어온다.)

중 사   우리는 여기에 음식을 담아 가야 해. 시청에서
  전화를 했다고 한다.
시 몬   (부지런하고 명랑하게) 이미 확실하게 준비해 두
  었어요. 곧장 부엌으로 가세요. (두 공병이 부엌으
  로 가는 동안 중사에게) 내 오빠 앙드레 마샤르도
  132부대에 있겠죠. 중사님, 왜 오빠한테 우편물
  이 오지 않는지 아세요?
중 사   전방에는 모든 것이 엉망이지. 우리도 그제부
  터는 더 이상 그들과 전혀 연락하지 못하고 있
  어.
시 몬   전쟁에 졌나요, 중사님?
중 사   아니야, 아가씨. 그러나 적의 탱크부대가 게릴

라식으로 돌진하는 것이 문제야. 그 괴물들에게
곧 휘발유가 떨어질 거라고 생각해 봐. 그러면
그것들은 거리에 서 버릴거야. 알겠지'?

시 몬   그 괴물들이 루아르 강11)까지는 올 수 없다고
들었어요.

중 사   그래. 그렇고말고. 걱정하지 마라. 센 강에서
루아르 강까지는 꽤 먼 거리야. 단지 이 피난행
렬이 안 좋을 뿐이야. 사람들은 아직도 전방으로
는 절대로 갈 수 없어. 그리고 우리는 폭격된 다
리를 고쳐야 한다. 그렇지 않으면 예비부대가 지
나갈 수 없으니까.

　　　　(두 공병이 그들의 냄비를 들고 돌아온다. 중
　　　　사가 그 안을 들여다본다.)

중 사   이게 전부야? 창피스럽군. 이 냄비 좀 봐, 아
가씨. 반도 안 채워졌어. 여기는 우리가 온 세

---

11) 역자 주 : 1940년 6월 14일 파리를 점령한 독일군의 공격은 그
다음날 루아르 강으로 이어졌음.

번째 식당이야. 하지만 앞의 두 곳에서는 아무
것도 얻지 못했어. 여기서는 이것뿐이고 말이야.

시　몬　　(당황해하며 냄비를 들여다본다.) 그건 분명히 잘
못된 거예요. 볶은 콩과 베이컨이 충분히 있어
요. 제가 즉시 주인에게 가 볼게요. 여러분들은
냄비를 꽉 채울 수 있을 거예요. 잠깐만 기다리
세요. (안으로 뛰어 들어간다.)

조르주　　(담배를 권하며) 저 애의 오빠는 겨우 17살인데
생마르탱에서 입대한 사람은 그 혼자예요. 저 애
는 오빠를 매우 사랑하고 있어요.

중　사　　빌어먹을 놈의 전쟁 같으니라고. 저주할 자는
아무도 없고. 군대는 자기 나라에서도 적으로 취
급받고 있어요. 국무총리는 라디오에서 "군대,
그것은 국민입니다"라고 말하고 있는데 말이에
요.

페르 귀스타프　　(다시 나오며) 군대가 국민이라면 국민
은 적이군.

중　사　　(적개심을 품고) 무슨 소릴 하는 겁니까?

조르주   (반쯤 찬 냄비를 보며) 왜 당신네들은 이런 일을
  참고 있는 겁니까? 시장을 데려오세요.

중 사   우리는 시장들을 잘 알죠. 그들은 아무 일도
  하지 못해요.

시 몬   (다시 천천히 밖으로 돌아온다. 중사를 쳐다보지 않
  고) 이 여관에서는 더 이상 줄 수 없다고 주인께
  서 말씀하십니다. 피난민들이 너무 많기 때문이
  래요.

페르 귀스타프   우리는 피난민들에게 아무것도 줄게
  없어. 군대가 모두 가져가니까.

시 몬   (낙담하여) 시장이 너무 많이 요구해서 주인께
  서 화가 나셨어요.

중 사   (지쳐서) 어디서나 마찬가지군.

주 인   (문으로 들어오면서, 시몬에게 구겨진 계산서를 준
  다.) 송어를 시킨 저 신사에게 계산서를 갖다 주
  고, 산딸기의 값은 너의 부모가 이 여관에 팔았
  던 원가 그대로라고 말해라. (그는 시몬을 안으로
  떼민다.) 무슨 일이지? 저 신사분들이 만족해하지

않니? 아마 당신도 전 주민들의 입장을 잠깐이나마 곰곰이 생각해 볼 테죠. 그들은 벌써 피폐되어 끊임없이 새로운 요구들을 하고있어요. 아무도 나만큼 프랑스를 생각하지는 않아요. 그건 하나님께서 알고 있죠. 그러나 (어쩔 수 없다는 커다란 몸짓을 한다.) 나는 솔직히 너무나 큰 희생을 치르며 경영하고 있어요. 내가 도와주는 것들을 한번 생각해 보시오. (페르 귀스타프와 조르주를 가리키며) 늙은 남자와 신체 장애자에다가 나이 어린 여자애까지 말이오. 나는 그들을 고용했지요. 그렇지 않으면 그들은 굶게 될 거예요. 내가 프랑스 군대까지 먹여살릴 수는 없어요.

중 사   나는 당신을 위해 내 부하들을 빈속으로 밤에 포화 속으로 행군시킬 순 없소. 당신네들이 직접 다리를 고치시죠. 나는 나의 야전 취사차를 기다리겠소. 7년이 걸릴지라도 말이오. (그의 공병들과 함께 퇴장한다.)

주 인   내가 무엇을 할 수 있지? 모든 사람들을 다 만족시킬 수는 없잖아. (그의 종업원들에게 다가가며) 이것들 보게, 자네들은 여관을 가지고 있지 않은 것을 기쁘게 생각하라고. 늑대에 대항하듯 이 여관을 지켜야 해. 안 그래? 우린 많은 수고를 한 결과로 여행안내서에 별 두 개 짜리 숙박업소라는 표를 얻었어. (페르 귀스타프와 조르주가 그의 걱정에 거의 관심을 보이지 않자 화를 내면서) 얼간이처럼 그렇게 어정거리지 마. (집 쪽으로 소리치며) 대령님, 이제 안마당에 아무도 없어요.

대 령   (여름외투를 걸치고 여관에서 나와 주인에게 간다. 주인은 마당을 지나 거리까지 바래다 준다.) 당신네 음식값은 너무 비싼 것 아닙니까, 주인. 점심 한 끼에 160프랑이라니 말이오.

조르주   (그러는 동안 여관으로 가서 손으로 얼굴을 가리고 있는 시몬을 데리고 나온다.) 그들은 벌써 갔어. 그러니까 너는 더 이상 복도에 숨어 있을 필요 없어. 네가 할 수 있는 일도 없잖아, 시몬.

시 몬   (눈물을 닦으며) 단지 그들이 132부대에서 왔기 때문이에요, 아시겠어요? 전방에 있는 그 사람들은 도움을 기다리고 있어요. 그러니까 공병들은 우선 다리를 고쳐야 해요. 조르주 씨.

주 인   (거리에서 돌아온다.) 거위 간, 송어, 어린 양의 등심고기, 아스파라거스, 샤브리산 백포도주 한 병, 커피 그리고 1884년산 코냑 마르텔 한 병이라 이러한 시기에 말이야! 계산서가 나오면 그들은 불쾌한 표정을 짓지, 아주 엄청난 표정을. 그러니 빨리 식사 시중을 들어 줘야 돼. 전쟁터에서 물리신다는 것은 생각할 수도 없으니까. 장교라고! 연대장이라고! 불쌍한 프랑스여! (시몬을 본다. 양심의 가책을 느끼며) 너는 부엌일에 간섭하지 말아라! (여관으로 들어가면서 퇴장한다.)

조르주   (페르 귀스타프에게 시몬을 가리키며) 공병들 때문에 저 애는 부끄러워하고 있어요.

시 몬   이 여관이 앞으로 어떻게 되리라고 생각하세요, 조르주 씨.

조르주   (시몬에게) 다른 모든 사람들도 부끄러워해야

해. 이 여관은 엄청나게 사기를 치고 있어. 주인
은 개가 방귀 뀌듯이 가격을 책정하고 있고. 여
관이 아니란다, 시몬아. 포도주가 좋다고 칭찬을
듣더라도 웃지 말고, 지붕이 내려앉더라도 울지
마라. 아마로 만들어진 식탁보는 네가 고른 게
아니야. 또한 너는 식사를 거절하지도 않았어.
알겠니?

시 몬   (확신하지 못하고) 예, 조르주 씨.

조르주   앙드레는 네가 자기를 위해 여기서 이 일을
하고 있다는 것을 잘 알고 있을 거다. 그것으로
충분해. 그리고 이제 너는 체육관에 가서 어린
프랑수아를 만나도록 해라. 그러나 다시는 급강
하 폭격기가 왔다고 해서 그 아이의 엄마 걱정은
하지 마라. 그렇지 않으면 넌 거의 밤새도록 전
쟁터에 있는 꿈을 꾸게 될 거야. (그는 그녀를 여관
안으로 떼민다. 페르 귀스타프에게) 저 애는 너무 많
은 상상을 하고 있어요.

페르 귀스타프   (그의 고무 타이어를 고치면서) 저 애는 체

육관에 가려고 하지 않아. 식량봉투가 너무 비싸
다고 그곳에서 모욕을 당하거든.

조르주 (한숨을 쉬며) 내 생각에 저 애는 주인을 변호
하고 있는 거예요. 저 애는 충직하죠, 시몬 말이
에요.

주 인 (여관에서 나와서 저장창고 쪽으로 손뼉을 치며 외친
다.) 모리스, 로베르!

로베르의 목소리 (저장창고에서 졸린 듯이) 예?

주 인 중대장 페탱12)에게서 전화가 왔어. 그는 너희
들이 나머지 포도주통들을 들고 오늘 보르도(독
일군에 쫓긴 프랑스 정부는 1940년 6월 14일 이곳으로
거처를 옮김)에 가기를 바라고 있어.

로베르의 목소리 오늘 밤에요? 그럴 순 없어요. 앙리
씨. 우리는 이틀 동안이나 계속 돌아다녔다고요.

주 인 나도 알아, 안다고. 하지만 자네들은 뭘 하겠
다는 거야? 중대장은 출발이 너무 늦어진다고
생각하고 있어. 물론 거리가 꽉 막혀 있지만 말

---

12) 역자 주 ; 제2차 세계대전 때인 1940년 6월 나치들에게 협력하
여 정부수반이 된 앙리 필립 페탱 원수를 비꿈.

이야. 나도 정말 자네들이 밤에 쉬는 것을 방해
하고 싶지는 않아. 그러나 ……. (어쩔 수 없다는
몸짓을 한다.)

로베르의 목소리 하지만 거리는 밤에도 꽉 막혀요. 게
다가 약한 전조등만 켜고[13] 가야 해요.

주 인 전쟁이란 그런 거야. 우리는 최고 고객의 비위
를 상하게 해선 안 돼. 어머니도 그렇게 하기를
바라고 계시고. 그러니 어서 서둘러. (페르 귀스타
프에게) 고무 타이어를 꼭 준비시켜 놓게. (시장인
샤베 씨가 서류가방을 겨드랑이에 끼고 거리에서 온다.
그는 매우 흥분해 있다.)

페르 귀스타프 (주인에게 그에 대한 주의를 환기시키면서)
시장님.

시 장 앙리, 자네의 화물차 때문에 이야기 좀 다시
해야겠네. 피난민들을 위해 내가 그 차를 사용했
으면 하는데, 부탁하네.

주 인 하지만 어렵겠는걸. 내가 계약상 페탱 중대장

---

13) 역자 주 ; 당시에는 독일 비행기의 공습 때문에 전조등 앞에 푸
른 유리를 끼웠음.

의 포도주를 실어가야 한다고 자네에게 이미 말
했잖은가. 나는 그것을 거절할 수 없어. 내 어머
니와 그는 막역지우란 말일세.

시 장 "중대장의 포도주라고!" 앙리, 자네는 내가 상
행위에 간섭하기 싫어한다는 것을 알고 있지 않
나. 하지만, 이제 난 자네와 그 파시스트인 페탱
과의 관계를 더 이상 봐 주기만 할 순 없네.

> (시몬이 여관에서 나온다. 그녀는 큰 봉투들
> 이 들어있는 행상상자를 끈으로 목에 멘 채
> 배에다 받쳐들고, 양손에는 봉투들이 들어 있
> 는 두 개의 바구니를 들고 있다.)

주 인 (위협하면서) 필립, 중대장을 파시스트라고 부
르다니, 주의하게.

시 장 (씁쓸하게) 주의하라고! 그게 자네들이 한 말의
전부인가? 자네와 자네의 중대장 말이야. 만약
독일인들이 루아르 강 근처에 있다면 말일세. 프
랑스는 망한단 말이야!

주 인 뭐라구요? 독일인들이 어디에 있다고?

시 장   (강하게) 루아르 강 근처라고. 그리고 출동이
         결정된 우리의 제 9군단은 20번 가에 피난민들
         로 들어차 있는 것을 알았지. 자네의 화물차는
         생마르탱 시에 있는 다른 모든 것들과 마찬가지
         로 압류되었다네. 그리고 내일 아침에 체육관에
         있는 피난민들을 실어 나르도록 준비되어 있어야
         하네. 이것은 공무상의 일이야. (그가 작고 빨간 포
         스터를 서류가방에서 꺼내 차고 문에 붙이기 시작한다.)
시 몬   (당황하여 나지막이 조르주에게) 탱크들이 오고 있
         어요, 조르주 씨.
조르주   (그녀의 어깨에 팔을 올리면서) 그래, 시몬.
시 몬   그들이 루아르 강가에 있어요, 투르(루아르 강
         근처의 프랑스 중부도시)로 올 거예요.
조르주   그럴 거야, 시몬.
시 몬   그리고 그들은 여기까지 오겠죠, 그렇죠?
주 인   왜 중대장이 그렇게 서둘렀는지 이제야 알겠
         군. (충격을 받은 듯) 독일군이 벌써 루아르 강가
         에 있다니 놀라운 일이군. (아직도 포스터를 붙이는

데 열중해 있는 시장에게 간다.) 필립, 멈춰. 우리 들
어가세. 단 둘이서 이야기 좀 해야겠네.

시 장   (화를 내며) 아니야, 앙리. 단 둘이 더 이상 할
이야기가 없네. 자네 종업원들도, 화물차들과 마
찬가지로 휘발유도 압류되었다는 것을 알아야 하
네. 나는 너무 오랫동안 묵인해 왔어.

주 인   자네 미쳤나? 이런 상황에 내 차들을 압류한
다고! 그리고 내겐 한 방울의 휘발유도 없어. 여
기에 조금 남아 있는 것을 제외하고는 말이야.

시 장   자네가 신고하지 않고 암거래한 휘발유 말이
네!

주 인   뭐라고? 자네는 내가 법을 어기고 휘발유를
매점했다는 건가? (펄쩍 뛰며) 페르 귀스타프, 우
리에게 암거래한 휘발유가 있나?

　　　　　(페르 귀스타프는 들으려 하지 않고, 그의 고
　　　　　무 타이어를 차고 쪽으로 굴려가려고 한다.)

주 인   (소리치며) 모리스! 로베르! 당장 내려와 봐!

페르 귀스타프! (페르 귀스타프가 멈춰 선다.) 숨기
지 말고 말해! 우리가 암거래한 휘발유를 가지고
있나'? 그런가?

페르 귀스타프   전 전혀 모릅니다. (그를 응시하고 있는
시몬에게) 네 일이나 하러 가. 이것저것 들으려고
돌아다니지 말고.

주 인   모리스! 로베르! 너희들 어디에 처박혀 있는
거야?

시 장   자네가 여분의 휘발유를 가지고 있지 않다면,
자네들은 무엇으로 중대장의 포도주를 실어 나른
다는 건가?

주 인   유도 신문하는 건가? 이봐요, 시장 나으리. 내
대답은 이렇네. 나는 중대장의 휘발유로 중대장
의 포도주를 나르는 거네. 조르주, 자네는 내가
암거래한 휘발유를 가지고 있다는 소문을 들어
보았나?

조르주   (자기의 팔을 쳐다보며) 나는 겨우 나흘 전에 전
방에서 돌아온 걸요.

주 인   좋아, 자네는 전혀 모르겠군. 저기 모리스와
       로베르가 있군. (모리스와 로베르가 왔다.) 모리스,
       로베르! 샤베 씨는 이 여관에 휘발유가 숨겨져
       있다는 혐의를 두고 있어. 샤베 씨 앞에서 너희
       들에게 묻는데, 그게 사실이냐?

       (두 형제는 우물쭈물한다.)

시 장   모리스 그리고 로베르. 자네들은 나를 알 거
       야. 나는 경찰이 아니야. 나는 상거래에 간섭하
       고 싶지 않지만, 프랑스는 지금 휘발유를 필요로
       하고 있어. 자네들에게 부탁하네. 여기에 휘발유
       가 있다는 것을 시 당국에 증언해 주게. 자네들
       은 정직한 젊은이들이니까 말이야.
주 인   자?
모리스   (얼굴을 찌푸리며) 우리는 휘발유에 대해 전혀
       몰라요.
시 장   그래, 그것이 자네들 대답인가. (시몬에게) 너
       의 오빠가 전방에 있지? 그는 도움을 기다리는

탱크대대에 있지 않니? 그런데 너마저도 여기에 휘발유가 있다는 것을 나에게 말하지 않을 거니?

　　　　(시몬은 미동도 않고 서 있다가 울기 시작한다.)

주　인　　나에 대한 증인으로 어린아이를 불러내는 건가? 시장, 자네에겐 이 어린아이에게 주인에 대한 존경심을 떨어뜨리게 할 권리가 없네. (시몬에게) 가거라 시몬.

시　장　　(지쳐서) 자네는 폭리를 취하는 그 식량봉투들을 다시 체육관에 보낼 건가? 공병들의 냄비는 절반만 채워 주었지. 피난민들은 더 이상 오지 않을 거야. 그들은 도처에서 마지막 남은 돈까지 남김없이 빼앗기고 있으니까.

주　인　　나는 사회복지 사업소를 가지고 있는 게 아니네. 나는 여관 주인일 뿐이야.

시　장　　그건 맞는 말이지. 단지 어떤 기적만이 프랑스

를 구할 수 있을 거야. 밑바닥까지 부패해 있으
니 말이야. (그가 퇴장한다.)

　　(정적이 감돈다.)

주 인　앞으로 가, 시몬. 자, 어서.

　　(시몬이 의아스럽게 계속 주위를 둘러보면서
　　천천히 마당 문 쪽으로 간다. 가는 도중에 행
　　상상자 속에 숨겨져 있던 책이 땅에 떨어진
　　다. 그녀는 부끄러워하며 그것을 주워 올리고
　　서 봉투와 바구니를 가지고 안마당의 바깥쪽
　　으로 나간다.)

시몬 마샤르의 첫번째 꿈14)

(6월 14일에서 15일에 이르는 밤)

음악. 어둠 속에서 천사가 나타난다. 그는 차고 지붕 위에 서 있다. 금빛이 도는 그의 얼굴엔 표정이 없다. 작은 북을 손에 들고 "요한나!"라고 큰 목소리로 세 번 부른다. 그때 무대가 밝아지고 안마당에는 시몬이 서 있다. 그녀는 빨래바구니를 팔에 끼고 천사를 바라본다.

천 사 프랑스의 딸 요한나야, 무슨 일을 해야만 하나니.
그렇지 않으면 위대한 프랑스는 틀림없이 2주 안에 망할 것이다.

---

14) 역자 주 ; 1428년 로트링겐 여자의 목소리를 듣고 잔 다르크는 위기에 처한 황태자 칼 7세를 돕기 위해, 6명의 호위병과 함께 쉬농으로 출정하는 역사적 사건에 연루된다.

그 때문에 주님인 하나님께서 도움을 청하기 위
해 두루 물으셨도다.

그래서 당신의 어린 소녀인 너에게 왔노라.

그리고 여기에 하나님께서 너에게 보내주신 북
이 하나 있노라.

그것으로 너는 생업과 나날의 지루함에 빠져 있
는 사람들을 일깨워라.

하지만 네가 땅바닥에 그것을 놓을 때에만 소리
가 난다는 것을 알아라.

마치 네가 프랑스의 땅을 두드리듯 말이다.

북을 울려 늙은이든 젊은이든, 부유한 자든 가난
한자든 나에게 불러모아라.

프랑스의 아들이 프랑스를 측은히 여기도록.

프랑스에 보트들을 빌려 줄 센 강 선원들을 불러
라.

지롱드 지방의 농부들에게 프랑스가 필요로 하
는 것은 빵과 포도주이다.

생드니 시의 냄비장이들은 프랑스에 쇠로 된 전

차를 만들어 주며,

리옹의 목수는 적들이 건너지 못하도록 모든 다
리를 허물어뜨려야 하나니.

그 사람들에게, 자궁 안에 자신들을 품었던 어머
니 프랑스에 대해,

그리고 그들이 경멸하였고, 그들이 모욕하였던
프랑스에 대해 말하라.

열심히 일하고 포도주를 마시는 프랑스가

위험에 처해 그들을 필요로 하고 있다고 말하여
라. 즉시 그들에게 가라.

시 몬   (다른 사람들이 서 있는지를 보기 위해 주위를 둘러본
다.) 제가 그것을 해야 하나요, 천사님? 성 요한
나가 되기에 제가 너무 어린 건 아닌가요?

천 사   그렇지 않다.

시 몬   그렇다면 제가 하겠어요.

천 사   그건 어려운 일일거야. 라터 후크터 덴 벡.15)

---

15) 역자 주 : 이 말은 꿈의 언어로 "게다가 너는 어리고 영양 상태
도 좋지 않아"라는 뜻임.

시　몬　(겁이 나서) 당신은 나의 오빠 앙드레이신 가
　　　　요?

　　　　　　(천사는 침묵한다.)

시　몬　어떻게 지내고 있어요?

　　　　　　(천사가 사라진다. 차고의 어둠 속에서 군인
　　　　　　조르주가 빈들거리며 나와 시몬에게 자신의
　　　　　　철모와 총검을 준다.)

조르주　넌 투구와 검이 필요할 거다. 그건 너에게 어
　　　　울리지 않지만. 주인은 단지 불구자와 어린아이
　　　　를 데리고 있을 뿐이야. 너의 일에 대해선 걱정
　　　　하지 말아라. 귀를 기울여봐, 탱크들이 소시지를
　　　　만드는 기계처럼 지나가고 있지 않니. 너의 오빠
　　　　가 천사인 것은 놀랄 일이 아니야!
시　몬　(철모와 총검을 받는다.) 제가 당신에게 이것을
　　　　닦아서 드려야 하나요, 조르주 씨?
조르주　아니다, 너는 오를레앙의 처녀로서 그것이 필

요하단다.

시 몬   (투구를 쓴다.) 그건 사실이에요. 저는 즉시 오
를레앙의 왕에게 가야 돼요. 그곳은 30킬로미터
나 떨어져 있고, 탱크는 시속 70킬로미터로 오
고 있어요. 그리고 내 신발엔 구멍이 나 있고요.
새 신발은 부활절 날에야 얻게 될 거예요. (가려
고 몸을 돌린다.) 조르주 씨, 적어도 손을 흔들어
나를 전송해 주세요. 그렇지 않다면 저는 두려울
거예요. 전투란 시대에 뒤진 피비린내 나는 쓸데
없는 짓이니까요.

    (조르주가 그의 붕대 감긴 팔로 흔들려고 한
    다. 그리고 사라진다. 시몬은 작은 원을 그리
    면서 행군하며 오를레앙을 향해 길을 떠난
    다.)

시 몬   (큰 소리로 노래한다.)
내가 생나제르 시[16]로 갈 때,

---

16) 역자 주 ; 프랑스 대서양해안의 전략요충지.

나는 바지도 없이 갔네. 너의 바지는 어디 있니?
라는

큰 외침이 곧이어 있었지.

나는 말했어. 생나제르 시 아주 가까이

하늘은 너무 파랗고,

귀리는 높이 자라나고 있다고.

그리고 하늘은 너무 파랗다고.

> (운전사인 모리스와 로베르가 갑자기 그녀 뒤
> 를 터벅터벅 걸어온다. 중세식으로 무장하고
> 있지만 작업복을 걸치고 있다.)

시 몬　여기서 무엇을 하고 있죠? 왜 나를 따라오는
거예요?

로베르　우리는 호위병으로서 너를 따라온 거란다. 그
런데 제발 그 노래를 부르지 말아라. 그건 어울
리지 않아. 우리는 너와 약혼을 했단다, 요한나.
거기에 맞도록 의젓하게 행동하여라.

시 몬　제가 모리스와도 약혼을 했나요?

모리스　　그래. 은밀히.

> (페르 귀스타프가 세련되지 못한 중세식의 무
> 장을 하고 맞은 편에서 온다. 그는 못 본 체
> 하고는 그들 옆을 지나치려 한다.)

시　몬　　페르 귀스타프!

페르 귀스타프　　자네들, 나는 안 돼. 내 나이에 아직까
　　　지 대포를 다루라고 하다니! 부당한 요구야! 팁
　　　으로 살라고 하면서 프랑스를 위해 죽으라니!

시　몬　　(나직이) 당신의 어머니인 프랑스가 위험에 처
　　　해 있어요.

페르 귀스타프　　내 어머니는 푸아로 부인이었어. 식모
　　　였는데, 폐렴에 걸린 위험한 상태였어. 그러나
　　　내가 할 수 있었던 것은 무엇이었을까? 나는 약
　　　을 살 돈이 없거든.

시　몬　　(소리친다.) 그럼 하나님과 천사의 이름으로 내
　　　가 명령하겠어요. 돌아서 적에게 겨눈 대포를 떠
　　　맡으라고요. (방향을 바꾸며) 제가 당신을 위해 그

것을 닦아 놓겠어요.

페르 귀스타프　좋아, 그렇다면 이야기가 달라지지. 여
기 내 창을 가져가거라. (그는 창을 그녀에게 주고,
터벅터벅 함께 걸어간다.)

모리스　얼마나 더 걸리겠니, 시몬? 이 모든 것은 단
지 자본을 위한 것이지. 아르바이터 칼러 펜더
베파이니크트 카이.17)

(시몬도 역시 관객에게 이해하지 못할 꿈의
언어로 대답한다. 그녀의 말에는 강력한 설득
력이 있다.)

모리스　(그녀를 이해하듯) 물론 옳은 말이지. 좋아 계속
가자고.

로베르　너 절뚝거리는 거니, 시몬. 그 철기는 너에게
너무 무거운 모양이구나.

시　몬　(갑자기 매우 기진맥진하여) 죄송해요. 단지 식사

---

17) 역자 주 ; 칼 맑스와 프리드리히 엥겔스의 공산당 선언에 나오는
이 구절을 꿈의 언어로 말하고 있는데, "모든 나라의 프롤레타리아
들이여, 단결하라"라는 뜻임.

다운 아침식사를 하지 못했기 때문이에요. (멈춰
서서 땀을 닦는다.) 곧 괜찮아질 거예요. 로베르,
내가 왕에게 무엇을 말해야 하는지를 기억할 수
있으세요?

로베르   (꿈의 언어로 무언가를 말한다. 이해할 수 없는 어떤
것을. 그리고 나서) 그것이 전부다.

시 몬   매우 고마워요. 보세요. 저기에 벌써 오를레앙
의 탑들이 보여요.

　　　　(대령이 무장을 하고 온다. 그 위에 여름외투
　　　　를 걸치고 있다. 그는 마당을 통해서 몰래 나
　　　　간다.)

페르 귀스타프   시작 한번 정말 좋군. 장군들이 도시를
떠나서 도망 가니 말이야.

시 몬   왜 거리가 텅 비었죠, 페르 귀스타프?

페르 귀스타프   아마 모두 저녁 식사 중인가 보지.

시 몬   그럼 왜 비상종이 울리지 않죠. 적이 오는데
말예요, 페르 귀스타프?

페르 귀스타프   비상종들은 페탱 중대장 요구에 따라
서 보르도로 보내졌지.

> (주인이 여관 입구에 서있다. 그는 빨간 깃털
> 장식이 있는 투구를 쓰고 있고, 가슴 주위에
> 는 빛나는 철로 된 무언가를 두르고 있다.)

주 인   요한나, 체육관으로 즉시 많은 이득이 생기는
식량봉투를 가져가거라.

시 몬   그러나 앙리 씨, 우리 모두의 어머니인 프랑스가
위험에 빠져 있어요. 독일군들은 루아르 강변에
있고요. 그리고 저는 왕에게 말을 해야 합니다.

주 인   처음 듣는 말이구나. 여관은 전력을 다 기울일
거야. 주인에 대한 존경심을 잊어서는 안 돼.

> (차고에서 보라색 옷을 입은 한 남자가 들어
> 온다.)

시 몬   (자랑스럽게) 보세요, 앙리 씨. 저기 칼 7세 왕
이 계세요.

(보라색 옷을 입은 사람은 양복 위에 왕의 외
투를 걸친 시장으로 판명된다.)

시 장 안녕, 요한나.

시 몬 (놀라며) 당신이 정말 왕이신가요?

시 장 그렇단다. 나는 공무상의 일을 하고 있지. 화
물차를 압류하고 있단다. 우리끼리 이야기를 하
고 싶구나, 요한나야.

　　　(운전사들, 페르 귀스타프, 주인이 어둠 속에
　　　서 사라진다. 시몬과 시장은 휘발유 주유기의
　　　받침대 위에 앉는다.)

시 장 요한나, 모든 게 끝났어. 궁내대신은 주소도
알리지 않고 여행을 떠났단다. 나는 편지로 그
대신에게 대포를 부탁했어. 그러나 어인(御印)이
들어있는 그 편지는 개봉되지도 않고 되돌아 왔
고, 시종장은 그가 팔에 상처를 입었다고 말했
어. 그런데 여태껏 어느 누구도 그 상처를 보지
못했단다. 모든 것들이 밑바닥까지 부패해 버렸

어. (그가 운다.) 너는 물론 내가 약하다고 비난하
기 위해 왔겠지. 그게 나야. 그러나 너는 어떠냐
요한나야? 우선 나는 암거래한 휘발유가 어디에
있는지를 너에게 들어야겠다.

시 몬　벽돌공장에 있어요, 사실이에요.

시 장　네가 보고도 못 본 체해 왔다는 건 나도 알고
　　　있어. 하지만 너는 값비싼 식량봉투에 대한 대가
　　　로 피난민들에게서 마지막 한 푼까지 빼앗아 갔
　　　어.

시 몬　저는 천사에게 일자리를 마련해 주어야 하기
　　　때문에 그 일을 했어요, 칼 대왕님.

시 장　운전사들도 일자리 때문에 피난민들을 실어
　　　나르는 대신에 페탱 중대장의 포도주를 실어 나
　　　르고 있나?

시 몬　주인께서 그들이 군대에 갈 필요가 없다고 이
　　　의를 제기해 주었기 때문이에요. 아시잖아요.

시 장　그래. 나의 후원자이자 귀족들이지. 나의 머리
　　　가 하얗게 된 것은 그 사람들 때문이다. 귀족이

왕에게 대항하고 있어. 물론 네가 가진 책에도 그렇게 쓰여 있지. 백성들이 너를 지지하고, 특히 모리스가 밀이아. 우리가 협정을 체결할 수 없을까, 요한나? 너와 내가 말이야.

시 몬 왜 못 하겠어요? 칼 국왕님. (주저하며) 다만 음식냄비가 항상 채워지고 있는 가라는 그런 상거래에 당신이 간섭해야만 해서 그래요.

시 장 내가 무엇을 할 수 있는지 알고 싶구나. 물론 나는 주의 해야지. 그렇지 않으면 그들은 나에게서 왕의 봉급을 빼앗아 가 버릴 테니까 말이야. 나는 보고도 못 본체 해 온, 바로 그런 사람이야. 내가 누군가에게 무슨 말을 한다면 아무도 내 말을 따르는 사람이 없을 거야. 나는 어떠한 불쾌한 일이라도 해야만 한단다. 공병들을 받아들이도록 하여라. 그들은 폭력을 사용해 여관에서 급식품을 가져가지는 않을 테니까. 나에게 와서는 "당신들의 교량들을 직접 고치시지요. 우리는 우리의 야전 취사차를 기다리겠습니다."라고 말할 거야. 부르군트의 대공(大公)이 나를 무시하고 영국인들에게 투항한 것도[18] 놀랄 일이 아니겠지?

주 인 (문 뒤에 서서) 다 들었소, 칼 왕. 당신은 만족하지 않는 거죠? 아마도 당신은 백성들의 입장에서 생각하고 싶겠죠. 그들은 모든 것을 다 빼앗겼어요. 나만큼 프랑스를 생각하는 사람은 아무도 없어요. 그렇지만 ……. (어쩔 수 없다는 몸짓을 하고 퇴장한다.)

시 장 (체념하여) 그러면 우리 어떻게 영국인들을 물리쳐야 하지?

시 몬 저는 북을 쳐야겠어요. (그녀가 바닥에 앉아서 보이지 않는 북을 친다. 칠 때마다 그 소리는 마치 땅 그 자체에서 울려나오듯이 메아리친다.) 밖으로 나오세요, 센 강의 뱃사공들이여! 밖으로 나오세요, 생 데니의 냄비장이들이여! 리옹의 목수들이여, 밖

---

18) 역자 주 : 부르군트 대공인 필립은 1419년 영국에 투항하면서도 프랑스 왕에게는 자신의 거취에 대해 오랫동안 애매모호한 입장을 취함.

으로 나오세요! 적들이 오고 있어요!

시 장   무엇을 보고 있는 거야, 요한나?

시 몬   그들이 오고 있어요, 놀라시겠지만. 선두에서
북 치는 자[19]는 늑대의 목소리를 내며, 그의 북
은 유태인의 피부로 팽팽하게 되어 있어요. 리옹
의 은행가 파루슈[20]의 얼굴을 한 독수리가 그의
어깨 위에 웅크리고 앉아 있구요. 그의 바로 뒤
에는 육군참모총장인 브란트슈티프터[21]가 오고
있어요. 뚱뚱한 광대인 그는 7가지의 유니폼(괴
링이 즐겨 입었던 화려한 제복을 말함.)을 입고 걸어
오고 있어요. 그런데 어느 것을 입고 있어도 사
람처럼 보이진 않는군요. 두 악마들 너머로 신문
지로 된 왕좌의 차양장식이 흔들거리고 있어요.
그래서 나는 그 두 사람을 잘 알아 볼 수 있는
거죠. 그들 뒤에는 사형 집행인들과 장군들이 차

---

19) 역자 주 : 히틀러를 암시함.
20) 역자 주 : 잔인하다는 뜻
21) 역자 주 : 방화자란 뜻. 여기서는 1933년 2월 27일 국회의사당
에서 방화를 자행한 헤르만 괴링을 가리킴.

를 타고 오고 있어요. 그들의 천박한 이마에는
나치 마크가 찍혀 있고, 그들 뒤에는 탱크와 대
포, 열차가 수없이 따라오고 있어요. 그리고 위
에 제단(祭壇)과 지하 고문실을 갖춘 차량들도 따
라오고 있고요. 모두 바퀴가 달려 굉장히 빨라
요. 전투차량들이 앞서 가고, 뒤에는 약탈품을
실은 차량들이 오고 있어요. 사람들은 총에 맞아
쓰러지고 있는데, 그들은 곡식을 모으고 있어요.
그 때문에 그들이 지나가는 곳이면 도시가 붕괴
되고, 그들이 떠나간 자리는 벌거벗은 황무지가
되고 말아요. 하지만 이제 그들은 끝났어요. 여
기에는 칼 국왕과 하나님의 소녀가 있기 때문이
죠. 제가 바로 그 소녀예요.

(지금까지 등장하였고, 앞으로 등장할 모든 프
랑스 인들이 나타난다. 모두 중세의 무기를 가
지고 부분적으로 전투복 차림을 하고 있다.)

시 몬 (기뻐하면서) 자 보세요, 칼 국왕님. 그들이 모

　　　　두 다 왔어요.

시　장　모두는 아니야, 시몬. 나의 어머니이신 이사보
　　　　가 보이시지 않는구나. 그리고 궁내대신은 화가
　　　　나서 가버렸지 않니.

시　몬　걱정하지 마세요. 프랑스 인들의 화합이 이루
　　　　어지도록 당신에게 대관식을 해드려야겠군요. 당
　　　　신의 왕관은 벌써 제가 가져 왔어요, 자 보세요.
　　　　(시몬이 바구니에서 왕관을 꺼낸다.)

시　장　그러나 궁내대신이 여기 오지 않았다면 대체
　　　　나는 누구와 카드놀이를 해야 하지?

시　몬　오크러 그라이쉬트 부르랍.22)

　　　　　　(시몬이 시장에게 왕관을 씌워 준다. 무대 뒤
　　　　　　배경 속에서 공병들이 나타난다. 그들은 국자
　　　　　　로 그들의 냄비를 두드린다. 커다란 종소리가
　　　　　　울린다.)

시　장　이게 무슨 종소리지?

---

22) 역자 주 ; 이해할 수 없는 꿈의 언어로 하는 말.

시 몬   랭스 대성당의 종소리입니다.

시 장   그런데 저들은 내가 음식을 얻으려 여관에 보냈던 공병들이 아니니?

시 몬   그들은 아무것도 얻지 못했어요. 그 때문에 냄비들은 텅 비었죠. 그 텅 빈 냄비들이 당신의 대관식 종이에요, 칼 국왕님.

(시장이 백성 앞에 나선다.)

시 장   키라더 둔크 프리어르 카우커 리히![23]

모든 이들   국왕님, 만세! 그에게 대관식을 거행한 요한나 만세!

시 장   (시몬에게) 요한나, 매우 고맙구나. 너는 프랑스를 구한 거야.

(무대가 어두워진다. 혼란스러운 음악 속에서 또렷하지 못한 라디오 아나운서의 목소리가 섞여 나온다.)

---

23) 역자 주 : 이해할 수 없는 꿈의 언어로 하는 말.

2. 악수

　　　이른 아침이다. 운전사인 모리스와 로베르,
페르 귀스타프, 그리고 군인인 조르주가 앉아서
아침식사를 하고 있다. 여관에서 라디오 방송이
흘러나온다.

라디오　우리는 오늘 새벽 세 시 삼십 분에 한 국방부
의 발표를 다시 반복합니다. 독일의 탱크부대가
예기치 않게 루아르 강을 통과했고, 이로 인해
새로운 피난민 행렬이 간밤에 프랑스 중부지방에
있는 군사요지의 주요 거리들을 가득 메웠습니
다. 이 도로들이 견제부대들을 위해 개방되도록
주민들은 지금 있는 곳에 머물러 주십시오.

모리스　떠날 시간이야.

조르주　급사장과 다른 사람들은 벌써 5시에 도망가버
렸어. 밤새도록 도자기그릇을 상자에 꾸려 가지

고 말이야. 주인은 경찰에 연락한다고 그들을 협
박했지만, 별 소용이 없었어.
로베르   (조르주에게) 왜 너는 우리를 즉시 깨우지 않았
지?

        (조르주는 침묵한다.)

모리스   주인이 너에게 그렇게 하지 못하게 했지, 그렇
지? (웃는다.)
로베르   조르주, 너도 떠나지 않을 거니?
조르주   그래. 나는 군복을 벗고 남을 거야. 여기서 내
생계를 꾸려갈 수 있어. 나는 이제 더 이상 나의
팔이 어떻게 될 것인가는 생각하지 않을 거야.

        (여관에서 바쁘게 주인이 나온다. 그는 세심
        하게 옷을 입고 있다. 그의 뒤에는 시몬이 그
        의 가방을 끌면서 터벅터벅 걸어온다.)

주 인   (손뼉을 치면서) 모리스·로베르·귀스타프, 이
리 와, 서둘러. 그릇들을 실어야 돼. 저장창고에

있는 모든 것들을 화물차에 실어야 돼. 소금에
절인 햄을 포장하고 말이야. 먼저 정품 포도주를
신도록 해. 커피는 나중에 마시고. 지금은 전쟁
중이거든. 우리는 보르도로 가는 거야.

    (종업원들은 계속 식사를 한다. 모리스가 웃
    는다.)

주 인   무슨 일이야? 내 말을 못 들었어? 포장을 해
       서 실어야 된단 말이야.
모리스   (조심성 없이) 화물차들은 압류되었어요.
주 인   압류되었다고? 당치 않은 소리야. (손짓을 크게
       하며) 그건 어제 조치된 일이지. 독일 탱크가 생
       마르탱 시를 향해 달리고 있어. 이제 모든 것은
       바뀌었어. 어제 적용된 것은 오늘에는 더 이상
       효력이 없어.
페르 귀스타프   (낮은 목소리로) 맞는 말이죠.
주 인   내가 자네에게 말할 때는 입에서 찻잔을 치워.

(시몬이 가방을 내려놓는다. 이 말을 하는 동
안 다시 몰래 여관으로 들어간다.)

모리스   커피 한 잔 더 해, 로베르.

로베르   좋아, 어디서 무엇을 다시 얻어야 할지 모르겠
어.

주 인   (화를 참으며) 정신 좀 차려. 자질구레한 물건들
을 분류하여 싸고있는 너희 주인을 좀 도우란 말
이야. 팁이 중요한 게 아니야. (아무도 쳐다보지 않
는다.) 페르 귀스타프, 당장 가서 도자기그릇부터
시작하게. 빨리 되겠지?

페르 귀스타프   (어정쩡하게 서서는) 나는 아직 식사도
마치지 않았어요. 저를 그렇게 쳐다보지 마세요.
그런다고 당신에게 더 이상 도움이 되진 않으니
까요. (화가 나서) 당신의 도자기그릇에는 관심이
없으니 오늘 나를 좀 가만히 내버려두시죠. (그는
다시 앉는다.)

주 인   자네도 미쳤나? 자네 나이에? (그는 한 사람씩
차례로 쳐다보고는 오토바이 있는 곳으로 가면서, 쓸쓸

하게) 아 그래, 자네들은 오로지 독일군들을 기다
린다는 건가? 자네들의 주인 역할은 끝났단 말
이지? 그것이 빵을 준 사람에 대한 애정과 존경
이로군. (운전사들에게) 나는 자네들이 나의 운송
업에 없어서는 안 될 사람들이라고 세 번이나 서
면으로 서명했잖아. 그렇지 않았다면 자네들은
최전방에 있을 거야. 그러니 너희는 그 점을 나
에게 감사해야 돼. 그것만 생각해 봐도 내가 종
업원들과 작은 가족을 이뤘다는 것을 알 수 있
지. (어깨 너머로) 시몬, 코냑 한 잔 줘! 나는 완
전히 맥이 빠졌어. (아무 대답도 없자) 시몬, 어디
에 숨어 있는 거야? - 이젠 그 애도 떠나 버렸
군!

        (시몬이 여관에서 나온다. 외투를 입고 외출
        준비를 하고 있다. 그녀는 주인 곁을 지나 몰
        래 도망치려고 한다.)

주 인 시몬!

          (시몬이 가 버린다.)

주 인   나에게 대답을 하지 않다니, 너도 미쳤어?

          (시몬이 달아나기 시작한다. 퇴장.)
          (주인이 어깨를 움츠리며, 이마를 가리킨다.)

조르주   시몬이 어떻게 된 거야?

주 인   (다시 운전사들에게 방향을 바꾸며) 자네들 역시
          일을 하지 않을 건가, 그래?

모리스   아니오, 그 반대죠. 아침식사를 마치고 우리는
          떠날 거요.

주 인   그럼 도자기그릇은?

로베르   같이 가져갑니다. 당신이 싣는다면 말이오.

주 인   내가?

모리스   그래요, 당신이 말이오. 그것은 당신 것이니까
          요, 그렇지 않아요?

로베르   하지만 우리가 보르도로 갈 것이라고는 보장
          할 수 없어, 모리스.

모리스   오늘 같은 날 누가 무엇을 보장할 수 있단 말

이야!

주 인 이건 정말 터무니없는 소리로군. 여기 적의 면
전에서 너희들이 일하기를 거부하면, 너희들에게
무슨 일이 일어날지 알고나 있니? 나는 이 벽에
너희들을 세워 총살시켜버리게 하겠어.

(시몬의 부모가 거리에서 온다.)

주 인 여기서 뭣하는 겁니까?

마샤르 부인 앙리 씨, 우리는 우리 딸 시몬 때문에 왔
어요. 독일군들이 여기에 곧 올 거라는 소문이
돌고 있어요. 그러면 당신네들은 차로 떠나겠지
요. 시몬은 어린애예요. 그리고 마샤르는 20프
랑 때문에 걱정하고 있고요.

주 인 그 애는 가버렸어요. 아마 돌아오지 않을 것
같군요.

조르주 그 애가 당신에게 가지 않았어요, 마샤르 부
인?

마샤르 부인 아니오, 조르주 씨.

조르주   그것 참 이상하군요.

> (시장이 두 명의 시 경찰관과 함께 온다. 그
> 들 뒤에서 시몬이 살그머니 피한다.)

주 인   필립, 때마침 오는군. (손짓을 크게 하며) 필립,
나에게 대항하는 폭동이 있는 것 같아. 조치를
취해 주게.

시 장   앙리, 자네가 화물차를 옮긴다고 마샤르 양이
나에게 알려왔네. 나는 무슨 수를 써서라도 이런
불법을 저지할 것이네. 경찰에 도움을 청해서라
도 말이네.

> (그는 시 경찰관들을 가리킨다.)

주 인   시몬, 네가 그런 파렴치한 일을 저질렀느냐?
여러분, 이런 인간을 내가 선의에서 그 가족들을
위해 내 사업에 고용했습니다!

마샤르 부인   (시몬을 흔들며) 지금 너 무슨 짓을 또 한
거냐?

(시몬이 침묵한다.)

모리스 제가 그 애를 보냈어요.

주 인 아 그래. 그리고 너는 모리스의 말을 따른 거
지?

마샤르 부인 시몬, 어떻게 네가 그런 일을?

시 몬 나는 시장님을 도와 주고 싶었어요, 엄마. 사
람들이 우리 화물차를 필요로 해요.

주 인 우리라고!

시 몬 (당황하기 시작한다.) 앙드레가 사용할 거리는 너
무나 꽉 막혀 있어요.(말을 잇지 못한다.) 시장님이
그걸 설명해 주세요.

시 장 앙리, 이제 자네가 이기심을 버리게. 이 어린
아이가 나를 데려온 것은 잘한 거야. 이런 시기
에 우리의 모든 재산은 곧 프랑스의 재산이란 말
이야. 내 아들들은 전방에 있고 저 애의 오빠도
그렇지. 즉 우리의 아들들은 결코 우리에게 속한
것이 아니란 말이야.·

주 인 (제 정신이 아닌 듯) 그러니까 더 이상 질서는

유지되지 않는단 말이군! 소유란 존재하지 않고, 그렇지 않나? 왜 자네는 나의 여관을 마샤르 가족에게 넘겨 주지 않는 건가? 아마도 나의 운전사들은 나의 금고를 털고 싶어하겠지? 이건 무정부 상태네. 샤베 씨, 시장님께 나의 어머니가 도지사 부인과 함께 기숙사에 같이 있었다는 점을 상기시켜야겠군. 전화 연락도 할 수 있어.

시 장 (지쳐서) 앙리, 나는 나의 의무를 다할 따름이야.

주 인 필립, 논리적으로 하게나. 자네는 프랑스의 재산에 판해 이야기하고 있네. 나의 서상품늘과 값비싼 도자기그릇 세트, 그리고 은붙이는 프랑스의 재산이 아니란 말인가? 그것들이 독일인들의 손에 넘겨져야 된다는 말인가? 커피잔 하나라도 적의 손에 넘어가서는 안 되네. 햄도 안 되고, 정어리 통조림 역시 넘어가선 안되네. 적이 닿는 곳은 아무것도 없는 불모의 땅이 되어야 하네. 시장은 그것을 잊었단 말인가? 자네는 시장으로서 나에게 와서, '앙리, 자네의 의무는 자네의 재

산을 독일군에게서 안전하게 지키는거야' 라고
말하고 있네. 그러나 내 답변은 이렇다네. '필립,
바로 그 때문에 나는 내 화물차가 필요하네.

　　　(거리에서 소란한 군중소리가 들려온다. 여관
　　　앞에서 벨소리가 울린다. 그리고는 문을 두드
　　　리는 소리가 난다.)

주 인　무슨 일이지? 조르주, 무슨 일인지 나가서 좀
　　　보고 오게.

　　　(조르주가 여관 밖으로 나간다.)

주 인　그리고 당신은 의무를 완전히 잊어버린 내 종
　　　업원들에게 내 재산이 어떻게 되든 내버려 두라
　　　고 말해야 한다는군. (운전사들에게) 여러분, 나는
　　　프랑스 인인 자네들에게 이 그릇 세트를 꾸리기
　　　를 호소하네.

조르주　(돌아온다.) 체육관에서 온 군중들입니다, 앙리
　　　씨. 화물차가 다른 곳으로 옮겨진다는 것을 그들

이 들은 모양입니다. 그들은 매우 흥분해서 시장
님과 말하기를 원합니다.

주 인   (창백해진다.) 어쩌면 좋지, 필립. 모든 게 시몬
때문이야! 서둘러, 조르주. 문을 닫아. (조르주가
마당의 문을 닫으러 간다.) 빨리! 빨리! 달려가! 내
식량봉투에 대해 반감을 갖도록 선동한 때문이
야. 폭도들 같으니라고. (경찰관들에게) 어떻게 좀
해봐요. 즉시! 필립, 당신이 전화로 원병을 청하
시오. 당신은 나에게 그렇게 해 줄 책임이 있는
거요. 나를 위해 무언가를 해주시오, 필립. 제발
나 좀 도와 주게나, 필립.

시 장   (경찰관들에게) 문에 서 있게. (주인에게) 쓸데없
는 소리 그만해. 자네에게는 아무 일도 없을 거
야. 그들이 나와 이야기하기를 원한다는 걸 자네
도 들었잖나. (그때 마당의 문을 두드리는 소리가 들
린다.) 대표자들을 들어오게 하게. 세 명 이상은
안 돼.

(경찰관들이 문을 조금 열고 군중들과 상의한

다. 그리고 나서 세 사람, 두 명의 남자와 젖먹
이를 데리고 있는 한 부인을 들어오게 한다.)

시 장   무슨 일입니까?

피난민 1   (흥분하여) 시장님, 우리는 지금 화물차가 필
　　　요합니다.

주 인   거리를 비워놓아야 한다고 당신들은 듣지 않
　　　았소?

부 인   당신을 위해서요? 우리는 여기서 독일군의 폭
　　　격을 기다려야 한단 말이죠!

시 장   (피난민들에게) 여러분, 소란은 안 됩니다. 차는
　　　이미 압류해 두었습니다. 여관은 다만 위협적인
　　　적의 손아귀로부터 몇 가지 값나가는 물건을 지
　　　키길 원할 뿐입니다.

부 인   (격분해서) 이것 보세요. 기가 막히는군요! 사
　　　람들 대신에 짐 궤짝들을 실으려 한다고요.

　　　　　　(비행기의 소음이 들려온다.)

밖에서의 목소리   폭격기들이다!

주 인   폭격기들이 내려오고 있다.

          (소음이 점점 강해진다. 비행기들이 강하한
          다. 모두들 바닥에 엎드린다.)

주 인   (비행기들이 다시 멀어지자) 이거 죽겠군. 나는 가
        야겠어.
밖에서의 목소리   차를 내놔라! 우리가 모두 여기서
        죽어야 한단 말인가?
주 인   그런데 아직 짐을 싣지 않았단 말이야, 필립!
시 몬   (화가 나서) 이제 저장품은 그만 생각하세요!
주 인   (기가 막혀서) 주제넘구나, 시몬.
시 몬   우리는 식료품들을 저 사람들에게 줄 수 있어
        요.
피난민 1   그것들이 식료품이라고요? 실어야 할 것이
        식료품이란 말이지?!
모리스   그래요.
부 인   오늘 아침 우리는 한 모금의 수프도 먹지 못했
        어요.

모리스 그는 독일인으로부터가 아니라 프랑스 인들로
 부터 저장품들을 안전하게 지키려는 것이오.

부 인 (뒤쪽 문으로 달려간다.) 문을 여세요. (경찰관들이
 그녀를 저지하자, 그녀는 담 너머로 외친다.) 차에 실
 릴 것이 여관의 식료품이래요!

주 인 필립! 저 여자가 제멋대로 소리치는 것을 그냥
 보고 있지만 마시오.

밖에서의 목소리 그들이 식료품들을 옮긴 답니다! 문
 을 부숩시다! 여기에 남자들은 없소? 식량을 실
 어가고 나서, 우리를 독일군의 탱크에 넘기려는
 것이오!

 (피난민들이 문을 억지로 연다. 시장이 그들
 앞을 막아선다.)

시 장 여러분! 폭력은 안 됩니다. 모든 것이 잘 될
 겁니다.

 (시장이 문 앞에 서서 타협하는 동안, 마당에
 는 두 그룹으로 나뉘어 열띤 언쟁이 벌어진

다. 한 쪽에는 주인, 한 명의 피난민, 부인뿐
아니라 시몬의 부모가 서있고, 다른 한 쪽에
는 시몬, 운전사들, 다른 한 명의 피난민, 페
르 귀스타프가 서있다. 조르주는 관여하지 않
고 계속 아침을 먹고 있다. 아무도 모르게 늙
은 수포 부인이 여관에서 나온다. 그녀는 매
우 나이 들어 보이며, 검은 옷을 입고 있다.)

이중장면

부 인 최소한 80명 정도가
아직 차편이 없어요.

주 인 당신들은 당신네들
꾸러미를 가져가지 않
나요, 부인? 왜 나만
모든 것들을 남겨둬야
하죠? 그것들은 내 차
란 말이오, 그렇지 않
습니까?

시 장 수포 씨, 자리가 얼
마나 필요합니까?

주 인 최소한 상자 60개 정
도의 자리가 필요합니
다.다른 차에는 대략
30명의 피난민들을
실을 수 있을 겁니다.

부 인 그럼 당신은 우리 중
50명이 여기 남아있
기를 바라시는군요,
그런가요?

시 장 우리는 당신이 차편의

시 몬 당신들은 그 거리를
알고 계시죠. 몰래 떠
나셔도 돼요. 그럼 부
대가 20번 가(街)를
자유롭게 사용할 수
있을 테니까요.

로베르 우리는 그 엄청난 인
파를 뚫고 저장품을 차
에 싣고 갈 생각은 아
니야.

시 몬 그런데 환자들과 어린
애들은 데리고 가시겠
죠?

로베르 피난민들을 모두 데려
갈 수는 없어.

페르 귀스타프 끼어 들지마,
시몬. 내가 충고했지 않
니.

시 몬 그러나 아름다운 우리의
프랑스는 최악의 위험에
처해 있어요,.. 페르 구

절반만으로 만족하길 바라오. 그것으로 최소한 아이들과 환자들은 갈 수 있으니 말이오.

그것으로 최소한 아이들과 환자들은 갈 수 있으니 말이오.

부 인 당신은 가족들을 떼어놓으려는 겁니까? 나쁜 사람 같으니라고!

주 인 8명에서 10명 정도는 상자 위에 앉을 수도 있어요. (마샤르 부인에게) 그건 당신의 딸 덕택여부에 달렸죠.

부 인 그 아이는 당신네 모두보다 동정심이 많아요.

스타프.

페르 귀스타프 저 애는 그 엉터리 같은 책에서 그것을 읽었지.

'우리의 프랑스는 위험에 처해 있지 않는가?' 라고 쓰여 있거든.

로베르 수포 부인이 내려오는구나. 그녀가 너에게 손짓하고 있어.

(시몬이 수포 부인에게 다가간다.)

마샤르 부인 우리 시몬을 용
서해 주세요, 앙리 씨.
그 애는 자기 오빠 생
각뿐이에요.   정도가
좀 지나치죠.

부　인　(문 안에 있는 군중들에게) 왜 우리가 차와 식료
　　　품들을 가져가지 못한다는 거죠?

수포 부인　여기 열쇠가 있다, 시몬. 그들이 원하는 것
　　　을 저장품에서 내다 주어라. 페르 귀스타프, 조
　　　르주, 당신들이 그들을 좀 도와 주시오.

시　장　(크게) 수포 부인 만세!

주　인　어머니, 어떻게 그러실 수 있어요? 도대체 어
　　　떻게 내려오신 거예요? 이 행렬 속에선 죽을 수
　　　도 있다고요. 그리고 지하실에는 7만 프랑의 값
　　　어치가 나가는 정품 포도주와 저장품들이 있다고
　　　요.

수포 부인　(시장에게) 그것들은 생마르탱 시민의 뜻대
　　　로 될 겁니다. (주인에게, 차갑게) 너도 약탈을 좋
　　　아하지?

시　몬　(젖먹이를 안고 있는 부인에게) 당신은 식료품을
　　　얻을 수 있을 거예요!

수포 부인　시몬! 너의 제안에 따라 이제 내 아들이 여
　　　관의 모든 저장품들을 시에서 처분하게끔 했단

　　다. 이제 문제는 도자기그릇과 은붙이뿐이야. 그
　　건 공간도 거의 차지하지 않거든. 그건 실어도
　　되겠지?
부　인　그런데 차에 자리는 어떻습니까?
수포 부인　부인, 우리는 되도록 많은 사람들을 실어
　　나를 거예요. 그리고 남아 있는 사람들을 이 여
　　관에 하숙시키는 것을 영광으로 여길 것입니다.
피난민 1　(문 뒤에다 대고 소리친다.) 갸스통! 여관에 하
　　숙을 시켜 준다면 늙은 크레베와 뫼니에 가족들
　　이 남으려고 할는지?
뒤로부터의 외침　그럴 거야, 장!
부　인　이봐요, 우리가 하숙할 수 있다면 나도 남고
　　싶어요.
수포 부인　당신을 환영합니다.
시　장　(문에서) 여러분, 먹을 만큼 가져 가십시오. 여
　　관의 저장품들은 여러분 마음대로 처분하셔도 됩
　　니다. (몇 명의 피난민들이 주저하며 저장창고로 간다.)
　　그리고 시몬, 우리에게 코냑 몇 병만 가져다 주

겠니, 1884년 산 마르텔로 말이다.

시 몬   알았습니다, 시장님. (그녀는 피난민들에게 손짓을
하고서 페르 귀스타프, 조르주와 함께 저장창고로 간다.)

주 인   그것은 제게 죽음을 초래하게 될 거예요, 어머
니.

피난민 1   (매우 흡족해하며 조르주와 함께 식량상자를 끌고
나온다. 소리치며 파는 장사꾼을 우스꽝스럽게 흉내낸
다.) 과일, 햄, 초콜릿이 있어요! 여행용 식량들
도요! 오늘은 무료입니다!

주 인   (화가 난 채 그 피난민과 조르주가 마당을 통해 거리
로 향한 출구로 나르고 있는 작은 상자들을 쳐다본다.)
저런, 저 맛있는 것들을 어떻게! 저건 거위간이
잖아.

수포 부인   (강압적으로) 그 입 좀 다물어! (그 피난민에
게는 친절하게) 맛있게 드시기를 바래요, 여러분.

　　　　(다른 피난민도 페르 귀스타프의 도움으로 마
　　　　당을 통해 저장품이 담긴 바구니를 끌고 간
　　　　다.)

주 인   (비탄해하며) 나의 1915년산, 포마르24)그리고
　　　　저건 철갑상어의 알젓, 그리고 저건…….
시 장   지금온 희생할 때야, 앙리. (납납해하며) 동성심
　　　　을 보이는 것이 중요하지.
모리스   (주인의 비탄해하는 말을 흉내내며) ‘나의 포마르!’
　　　　(요란한 웃음소리를 내면서 시몬의 어깨를 두드린다.)
　　　　이젠? 내가 너의 도자기그릇 상자를 실어 주겠
　　　　다, 시몬.
주 인   (괴로워하며) 무엇이 그렇게 우스운지 모르겠
　　　　군. (사라지는 바구니를 가리키며) 저건 약탈이야.
로베르   (바구니를 가지고서 친절하게) 걱정하지 마십시
　　　　오, 앙리 씨. 그 대신 당신의 도자기그릇들은 실
　　　　을 거예요.
수포 부인   알았네. (그녀는 통조림과 포도주병을 집어 시몬
　　　　의 부모에게 가져간다.) 받으세요. 당신들도 받으세
　　　　요. 그리고 시몬, 너의 부모님에게 컵을 가져다
　　　　주겠니. (시몬이 그렇게 한다. 그리고 나서 작은 의자

---

24) 역자 주 : 부르고뉴산의 적포도주의 일종.

를 가져다 벽 옆에 놓고는 바구니 하나에서 식량을 꺼내 벽 너머로 밖의 피난민들에게 건네준다.)

수포 부인   모리스, 로베르, 페르 귀스타프, 잔을 들어요. (경찰들을 가리키며) 경찰들도 이미 잔을 들고 있군요. (젖먹이를 데리고 있는 부인에게) 우리와 한 잔 하시죠, 부인. (모두에게) 여러분, 우리의 아름다운 프랑스의 미래를 위해서 건배합시다.

주 인   (홀로 떨어져 서서) 그럼 나는? 나를 빼놓고 프랑스를 위해 건배하는 겁니까? (그는 포도주를 한 잔 따라 들고 모여있는 사람들에게 간다.)

시 장   (수포 부인에게) 부인, 생마르탱 시의 이름으로 나는 여관의 흔쾌한 희사품에 대해 감사를 드리는 바입니다. (그가 잔을 든다.) 프랑스를 위하여, 미래를 위하여 건배.

조르주   그런데 시몬은 어디에 있는 거지?

          (시몬이 아직도 바쁘게 벽 너머로 피난민들에
          게 식료품들을 건네주고 있다.)

시　장　(시몬을 부른다.) 시몬!

　　　　(시몬이 흥분한 채 머뭇거리며 가까이 온다.)

수포 부인　그래. 너도 한 잔 받거라, 시몬. 여기 있는
　　　　모두가 너에게 감사해야겠구나.

　　　　(모두 마신다.)

주　인　(운전사들에게) 우리는 다시 친구지? 자네들은
　　　　내가 피난민들을 차에 태울 생각을 안 했다고 생
　　　　각하나? 모리스, 로베르, 나는 완고한 사람이야.
　　　　하지만 나는 고매한 동기를 인정할 줄도 알지.
　　　　그리고 나는 그것을 알았어. 나는 대수롭지 않은
　　　　오류는 인정할 수 있어. 자네들도 그렇게 하게
　　　　나. 우리의 사소한 개인차를 잊어버리자고. 함께
　　　　공동의 적에 대해 굳게 대항하면서 말야. 나와
　　　　악수를 하자고!

　　　　(주인은 바보같이 웃고 있는 로베르와 악수를

한다. 그러고 나자 군인인 조르주는 왼손을
내민다. 그 다음 주인은 젖먹이를 안고 있는
부인과 포옹한다. 페르 귀스타프는 투덜거리
면서 주인과 악수를 하지만 여전히 화가 나있
다. 주인은 운전사인 모리스에게로 몸을 돌린
다. 그러나 그는 주인과 악수를 하려 하지 않
는다.)

주 인   라, 라, 라. 우리는 프랑스 인이야, 그렇지 않
       아?
시 몬   (질책하면서) 모리스!
모리스   (주저하면서 주인과 악수를 한다. 빈정대며) 우리의
        새로운 성(聖) 요한나 만세. 모든 프랑스 인의 화
        해자 만세.

        (마샤르 씨가 시몬의 따귀를 때린다.)

마샤르 부인   (설명하는 어조로) 그건 주인에 대해 제 멋
        대로 행동한 대가야.
주 인   (마샤르 씨에게) 아닙니다, 마샤르 씨. (그는 시몬
       을 위로하며 끌어안는다.) 시몬은 내가 사랑하는 아

이인 걸요, 부인. 나는 이 아이를 각별하게 생각
하고 있어요. (운전사들에게) 우리 이제 짐을 싣자
고. 여보게들! 마샤르 씨 역시 우리를 도와 주실
게 틀림없어.

시 장   (경찰들에게) 자네들도 수포 씨를 좀 도와 주겠
나?

주 인   (젖먹이를 안고 있는 부인에게 몸을 굽혀 인사한다.)
부인!

        (사람들이 흩어진다. 밖에 있는 군중들 역시
        흩어진다. 무대에는 단지 주인, 시장, 수포
        부인, 시몬, 두 운전사와 군인 조르주만 남는
        다.)

주 인   여보게들, 이런 경험이 없었으면 안 될 뻔했
어. 빌어먹을 철갑상어의 알젓과 포마르 같으니
라고. 나는 화합을 좋아하지.

모리스   벽돌공장은 어떻게 하죠?

시 장   (신중히) 그래, 앙리. 벽돌공장도 어떤 조처를
취해야 하네.

주 　인　(불쾌하게) 무슨 일이야? 도대체 또 무슨 일이
　　　냐 말이야? 자, 그럼 휘발유가 없는 그 화물차들
　　　을 벽돌공장으로 보내게. 그곳에서 급유할 수 있
　　　을 테니까. 자네들 이제 만족하나?

로베르　아베빌(프랑스 북부의 전략요충지로 1940년 5월 9
　　　일 독일 전차부대에 의해 점령됨.) 거리의 주유소에
　　　서 독일 탱크들이 휘발유를 공급받았어. 당연한
　　　말이지만 그래서 독일 탱크들이 빠르게 다가오고
　　　있지.

조르주　우리의 132부대는 돌아볼 겨를도 없이 배후
　　　에 탱크를 두게 되었죠. 두 연대는 아주 잘못되
　　　어 뒤섞여 버렸어.

시 　몬　(놀라며) 7연대는 아니겠죠?

조르주　그래. 7연대는 아니란다.

시 　장　앙리, 비축된 휘발유는 없애버려야 해.

주 　인　너무 서두르는 게 아닌가? 모든 것들을 동시
　　　에 없앨 수는 없네. 아마도 우리는 적을 물리치
　　　게 될 겁니다. 그렇지 않니, 시몬? 프랑스는 오

랫동안 패배한 적이 없었다고 샤베 씨에게 말해라. (수포 부인에게) 그럼 안녕히 계세요, 어머니. 너무 걱정하지 마세요. (어머니에게 키스한다.) 시몬이 어머니에게 좋은 힘이 되어 줄 거예요. 안녕, 시몬. 나는 너에게 감사하는 것이 부끄럽지 않구나. 너는 아주 훌륭한 프랑스 여자야. (시몬에게 키스한다.) 네가 있는 한, 그 어떤 것도 독일인의 수중에 들어가지 않을 것이다. 난 그걸 확신할 수 있어. 여관 안의 모든 것이 없어져야 한다는 점에 대해 우리는 의견이 같은 거지? 나는 자네들이 내가 마음먹은 대로 모든 일을 처리해 주리라는 것을 알고 있네. 안녕, 필립. 나의 친구여. (그를 포용한다. 그리고 자신의 짐을 든다.)

(시몬이 그를 도우려고 한다.)

주 인   (손짓하면서 거절한다.) 그냥 두거라. 우리의 저장품들을 어떻게 할 것인지 어머니와 의논하도록 해라. (거리로 퇴장한다.)

시 몬 (두 운전사를 따라 달려가면서) 모리스, 로베르!

모리스 안녕, 시몬.

      (그녀는 두 운전사의 뺨에 키스한다. 그리고
      나서 모리스와 로베르도 완전히 퇴장한다.)

아나운서의 목소리 (라디오에서) 주의를 기울여 주십시
      오! 주의를! 독일의 탱크부대가 투르까지 돌진해
      왔습니다. (이 방송은 여러 번 끝까지 반복된다.)

시 장 (얼굴이 창백해져 어쩔 줄을 모른다.) 그렇다면 우
      린 오늘 밤 여기서 그들을 만나게 되겠군.

수포 부인 나이든 여자같이 굴지 마세요, 필립.

시 몬 부인, 저는 페르 귀스타프, 조르주와 함께 벽
      돌공장으로 달려가겠어요. 우리는 비축된 휘발유
      를 없애야 해요.

수포 부인 너는 주인이 지시하는 것을 들었지. 그가
      우리에게 성급한 짓은 하지 말라고 간청하지 않
      았니. 애야, 우리에게도 일을 맡겨야 한단다.

시 몬 그러나 부인, 독일군은 빠르다고 모리스가 말

했어요.

수포 부인   됐다, 시몬. (가려고 몸을 돌린다.) 여기는 바람이 상당히 부는구나(시장에게) 필럽, 딩신에게 감사합니다. 당신이 오늘 여관을 위해 한 모든 일들에 대해서 말이에요. (문 밑에서) 여하튼, 시몬, 이제 모두 떠났으니 나는 정말로 이 여관을 닫아야겠다. 저장창고의 열쇠를 돌려다오.

  (시몬은 매우 당황하여 그녀에게 열쇠를 준다.)

수포 부인   넌 이제 네 부모의 집으로 가는 것이 가장 좋을 것 같구나. 한 달 치 월급을 모두 주마. 나는 너에게 만족한단다.

시 몬   (이해하지 못한 듯) 시(市)에서 저장품을 가져갈 때, 제가 도우면 안 되나요?

  (수포 부인이 말없이 여관으로 들어간다.)

시 몬   (아무 말이 없다가 더듬거리면서) 제가 해고된 건가요, 시장님?

시 장 (위로하며) 그런 것 같구나. 그러나 맘 상해하
지는 말아라. 너는 그가 너에게 만족한다는 말을
들었지 않니. 그녀가 직접 한 말이니 대단한 칭
찬이지, 시몬.

시 몬 (낮은 목소리로) 예, 시장님.

(시장이 황급히 퇴장한다.)
(시몬은 그를 쳐다본다.)

시몬 마샤르의 두번째 꿈

(6월 15일 밤)

혼란스러운 축제의 음악. 어두운 곳에서 대기하고 있는 한 무리가 나타난다. 왕의 외투를 입은 시장, 주인과 대령. 이 두 사람은 무장을 하고 사령관 지휘봉을 가지고 있다. 대령은 무장한 복장 위에 여름외투를 걸치고 있다.

대 령 우리의 요한나가 부대가 전진하도록 20번 가전 지역을 비우게 한 다음, 이제 막 오를레앙과 랭스 시를 정복했습니다. 그녀는 큰 존경을 받아야 합니다. 이건 분명합니다.

시 장 그건 왕인 나의 일이네, 대령. 오늘 여기에 모인 프랑스의 고위 관리들과 명문 가족들이 그녀 앞에서 아주 정중히 경의를 표할 거라네.

(이제부터 이 장면이 끝날 때까지 프랑스의
고위 관리들과 그 가족들이 모이고, 뒤쪽에서
그들의 칭호와 이름들이 불린다.)

시 장   그런데 그 아이가 해고되었다고 들었는데? (신
중히) 내가 듣기로는 국왕의 어머니인 그 교만한
여왕 이사보가 원했다고 하던데.
주 인   그건 잘 모르겠습니다. 전 거기 없었으니까요.
그건 부당한 일입니다. 시몬은 제가 총애하는 아
이입니다. 당연히 그애는 그대로 머무르게 될 겁
니다.

(시장이 꿈의 언어로 무언가 이해하지 못할
말을, 짐작건대 책임을 회피하는 말을 한다.)

대 령   그녀가 옵니다.

(두 명의 운전사 모리스와 로베르, 그리고 군
인인 조르주로 구성된 호위병들의 호위를 받
으면서 시몬이 투구와 검을 가지고 걸어 들어
온다. 그 세 사람은 무장을 하고 있다. 어둠

　　　　속에서 여관의 종업원들, 그리고 '백성들'과
　　　　함께 시몬의 부모도 나타난다. 호위병들이 긴
　　　　창으로 백성들을 밀어 붙인다.)

로베르　　성(聖) 처녀를 위한 자리를…….

마샤르 부인　(목을 내민다.) 시몬이 저기 있어요. 투구
　　　　가 그리 나쁘지는 않군요.

시　장　(앞으로 나온다.) 사랑하는 요한나야, 우리가 너
　　　　를 위해 무엇을 할 수 있겠니? 원하는 것을 말해
　　　　라.

시　몬　(몸을 굽히면서) 첫째로, 칼 국왕님. 사랑하는
　　　　제 고향 사람들이 앞으로도 여관의 저장품들을
　　　　더욱 많이 얻을 수 있게 되길 간청합니다. 당신
　　　　들은 제가 가난한 자와 궁핍한 자들을 돕기 위해
　　　　온 줄 아실 겁니다. 세금도 면제되어야 합니다.
　　　　(즉위 후 칼 7세는 잔 다르크 가족과 그녀의 고향 주민
　　　　들에게 평생 동안 세금과 공과금을 면제해 줌.)

시　장　그거야 물론이지. 그밖에 또 무엇을 원하지?

시　몬　둘째로, 파리를 탈환해야 됩니다. 두 번째 출

정을 즉시 해야 합니다. 칼 국왕님.

주 인   (놀라며) 두 번째 출정이라고?

대 령   거만한 여왕 이사보인 수포 부인이 그에 대해
어떻게 말할까요?

시 몬   적을 완전히 쳐부술 군대가 절실합니다. 그것
도 올해 안에 말입니다, 칼 국왕님.

시 장   (미소 지으며) 사랑하는 요한나, 우린 네가 대단
히 만족스럽단다. 이건 우리가 한 말이니 크나큰
칭찬이지. 이제 그것으로 충분하다. 이건 우리의
일이니 우리에게 맡겨야 한다. 나는 이제 여관을
닫을 게다. 너는 집으로 가거라. 그전에 물론 너
에게 작위가 수여될 것이다. 너의 칼을 나에게
다오. 너에게 프랑스 귀부인의 작위를 수여하기
위해 나의 검을 갖고 오는 것을 잊었구나.

시 몬   (그에게 칼을 주고 무릎을 꿇는다.) 여기에 열쇠가
있습니다.

(오르간과 합창으로 이루어진 요란한 음악이
멀리 교회에서 일어나고 있는 축제 분위기를

묘사한다. 시장은 격식을 갖추어 검으로 시몬
의 어깨를 건드린다.)

호위병과 백성들   성(聖) 치녀 만세! 프랑스의 위대한
귀부인 만세!

시 몬   (시장이 가려고 하자) 잠깐만요, 칼 국왕님. 제
검을 돌려 주셔야죠. (간절하게) 아직 영국인들을
정복하지 못했어요. 부르군트 사람들은 새로운
군대를 모집하고 있어요. 처음보다 더 무서운 군
대예요. 가장 큰 어려움은 이제부터 시작입니다.

시 장   너의 제안이 매우 고맙구나. 그리고 그밖의 모
든 것에도 고마움을 표한다, 요한나. (시몬의 칼을
주인에게 준다.) 이것을 보르도로 안전하게 가져가
게, 앙리. 이제 우리는 늙은 수포 부인과 은밀히
이야기해야겠다. 그 거만한 여왕 이사보와 말이
야. 잘 있거라, 요한나. 정말 즐거웠다! (주인, 대
령과 함께 퇴장한다.)

시 몬   (큰 걱정을 하며) 그러나 적이 오고 있습니다,
여러분!

(음악은 투덜거리는 소리로 변하고 불빛이 희
미해진다. 백성들이 어둠 속에서 사라진다.)

시 몬 (움직이지 않고 서있다. 그러고 나서) 앙드레! 도와
주세요! 천사장이시여, 내려오세요! 나에게 말해
주세요! 영국인들이 군대를 모집하고 있어요. 그
리고 부르군트는 패배했고요. 우리 민족은 뿔뿔
이 흩어졌어요.

천 사 (차고 지붕 위에 나타난다. 질책하면서) 너의 검은
어디에 있느냐, 요한나야?

시 몬 (당황한다. 용서를 빌며) 나의 칼로 그들이 나에
게 귀부인의 작위를 수여했어요. 그런데 칼을 돌
려 주지 않았어요. (나직이 부끄럽게) 나는 해고됐
어요.

천 사 나도 알고 있다. (잠시 침묵하고) 프랑스의 소녀
야, 너는 해고되지 않을 거야. 참고 견뎌라. 프
랑스는 그것을 원한다. 너의 해고를 걱정하다 죽
을지도 모르는 너희 부모에게 아직은 돌아가지
말아라. 너는 네 오빠가 차고에서 일하도록 하겠

다고 약속했지 않니. 그는 언젠가는 돌아올 테니
까. 머물러라, 요한나! 매 시간 적들이 침입할지
도 모르는 이때에 어떻게 네 위치를 떠날 수 있
던 말이냐?

시 몬 적들이 승리하더라도 계속 싸워야 하나요?

천 사 오늘밤 바람이 부느냐?

시 몬 예.

천 사 저기 마당에 나무가 서있지 않느냐?

시 몬 있어요, 포플러나무예요.

천 사 바람이 불면 잎들은 소리를 내느냐?

시 몬 예. 또렷하게요.

천 사 그러면 적들이 승리했더라도 싸워야 하겠지.

시 몬 난 검도 없는데 어떻게 싸울 수 있단 말입니
까?

천 사 들을지니!
너희들의 도시에 정복자가 들어오면
마치 그가 아무것도 정복하지 못한 것처럼 되어
야 한다.

그에게 열쇠를 건네주는 자가 있어서는 아니 된
다.

오는 자는 손님이 아니라 독충이기 때문이다.

그를 위해 어떠한 식사도, 어떠한 식탁도 차려서
는 아니 된다.

침대와 의자는 없애야 한다.

태울 수 없는 것은 숨겨야 한다.

모든 항아리의 우유는 비워버려야 하고, 모든 빵
은 묻어버려야 한다.

그는 도와 달라고 외칠 것이다. 그는 괴물이라고
불려야 할지니.

그는 흙을 먹어야 한다. 불 속에서 거해야 한다.

어느 재판관의 동정도 탄원해서는 안 될지니라.

너희의 도시는 있었다고 하지만 기억될 수 없으
며, 아무것도 아닐 것이니.

그가 쳐다보는 곳은 공허하며, 그가 지나가는 곳
은 텅 비어 있으라.

마치 어떤 음식점도 전혀 없었던 것처럼.

가서 파괴하라!

(무대가 어두워진다. 혼란한 음악 속에서 천
사의 "가서 파괴하라!"라는 말이 여러 번 나
지막하고 강렬하게 뒤섞이며 육중한 탱크들의
굴러가는 소리가 또렷이 난다.)

3. 불

a.

온통 검은 옷을 입은 늙은 수포 부인과 그 뒤에 하녀인 테레사와 외출복을 입은 페르 귀스타프가 안마당의 문 안에서 독일군 중대장을 기다리고 있다. 이제 평상복을 입은 군인 조르주가 차고에 기대어 있고, 그 안에는 시몬이 수포 부인 앞에서 몸을 숨기고서 그에게 귀를 기울이고 있다. 밖에서는 지나가는 탱크가 덜커덩거리는 소리가 난다.

시　몬　그녀는 죽은 듯 창백해요. 그리고 걱정을 하고 있어요.

조르주　그녀는 인질로 체포되어 총살당할 거라고 생각하고 있지. 그녀는 밤새 흥분했어. 그리고 테

레사는 그녀가 크게 외치는 소리를 들었어. "도
살자들이 모두를 죽일 거야"라고 말이야. 그런데
도 그녀는 탐욕 때문에 남아 있는 거야. 이제 독
일 중대장을 기다리는 거지. 나는 네가 왜 그녀
앞에 나타나지 않으려는지 정말 모르겠구나. 무
슨 일이 있는 거니?

시 몬   (거짓말하며) 아니에요, 아니에요. 단지 그녀가
나를 알아보면 쫓아낼지도 몰라서 그래요. 독일
군들이 나를 어떻게 할까봐 그래요.

조르주   (의심하면서) 그녀가 너를 봐서는 안 되는 이유
가 단지 그것뿐이냐?

시 몬   (몸을 돌리며) 독일인들이 모리스와 로베르를
앞질렀다고 생각하세요?

조르주   그럴지도 모르지. 그런데 왜 너는 네 방에서
나와 본관으로 옮긴 거지?

시 몬   (거짓말을 한다.) 운전사 방에 이제 빈자리가 있
어요. 앙드레가 이제 곧 돌아올 거라고 생각하세
요?

조르주 그럴 거야. 그녀가 혹시 너를 해고한 것은 아
니지, 시몬?

시 몬   (거짓말하며) 아니에요.

조르주 이제 독일군들이 오는구나.

(거리에서 독일 중대장이 페탱 중대장과 동
행하여 온다. 안마당의 문에서 두 신사와 수
포부인 사이에 정중한 인사가 오고간다. 무슨
말인지는 들리지 않는다.)

조르주 자신이 파시스트인 것을 감추고 있는 중대장
이 저 불구대천의 원수를 감히 부인에게 소개하
는군. 대단히 정중하게 말이야. 저 사람들은 서
로를 염탐하면서도, 상대방의 평판에 대해서는
불쾌하게 여기지 않는 모양이군. 저 원수 같은
놈은 아주 말쑥한 신사구먼, 교양도 있고. 수포
부인이 아주 마음이 편안한 것같이 보이는군.
(속삭이며) 그들이 온다.

(시몬은 뒤로 물러난다. 수포 부인은 그 두

신사를 안마당을 통해 여관 안으로 안내하고,
하녀 테레사가 뒤따른다.)

페르 귀스타프　(부인이 그에게 여전히 무언가를 속삭이고
난 후, 조르주와 시몬에게 간다.) 부인은 여관에서 체
육관의 폭도들을 더 이상 보고 싶어하지 않는다
는 군. 독일나리들이 화가 날 법도 하지. 그러나
그렇지 않았더라면 주인이 여기 머무르는 것도
별문제가 없을 텐데 말이야.

조르주　그들이 라디오에서 발표한 첫 번째가 "평온과
질서를 유지하는 사람은 두려워할 것이 아무것도
없습니다"라는 것이었어요.

페르 귀스타프　저기 저 안에 있는 작자는 무언가를
원할 때면 '어서'라고 말하지. "어서, 나의 동료에
게 나의 방을 보여 주시오"라고 말이야.

시　몬　하지만 그는 적이잖아요.

(페르 귀스타프가 저장창고로 퇴장한다.)

조르주　너의 사촌이 새로운 꿈을 꾸었니?

시　몬　예, 어제 밤에요.

조르주　또 그 처녀에 관한 것이더냐?

시　몬　(끄덕인다.) 그녀는 귀족으로 승인되었어요.

조르주　그건 그녀에게 틀림없이 엄청난 경험이었겠구
　　　　나.

시　몬　그녀의 고향사람들은 세금이 면제되었대요, 마
　　　　치 책에서와 같이 말이에요.

조르주　(꽤 빈정대면서) 그러나 실제로는 여관의 저장
　　　　품들은 약속과는 달리 마을에 나눠지지 않고 있
　　　　어.

시　몬　(당황하여) 내 사촌은 그 점에 대해서는 말하지
　　　　않았어요.

조르주　그랬군.

시　몬　조르주 씨, 내 사촌이 가끔 꾸는 그런 꿈속에
　　　　서 어떤 사람이 천사로 나타난다면, 이건 그 사
　　　　람이 죽은 것을 뜻하나요?

조르주　그렇지 않단다. 그건 단지, 꿈꾸는 사람이 때
　　　　때로 이 사람이 죽지 않았을까라고 두려워한다는

것을 의미하지. 너의 사촌이 그밖에 무언가를 틀
림없이 했을 텐데?

시 몬   많이 했을 거예요.

조르주   꿈속에서 어떤 불쾌한 일이라도 일어났니?

시 몬   왜 그러세요?

조르주   네가 너무 이야기를 하지 않기 때문이야.

시 몬   (꾸물대면서) 불쾌한 일은 없었어요.

조르주   어떤 다른 사람이라도 이따금 이러한 꿈에 대
해 너무 걱정을 할 수도 있는데, 시몬, 그렇게
되면 여기가 꿈이 아니라 밝은 대낮이라는 점을
갑자기 잊어버릴 수 있거든. 그래서 묻는 거야.

시 몬   (사납게) 그렇다면 나는 더 이상 당신과 내 사
촌의 꿈에 관해서 이야기하지 않겠어요, 조르주
씨.

         (체육관에서 온 젖먹이를 안고 있는 부인과
         다른 피난민이 안마당으로 들어온다.)

시 몬   그들은 식량을 잃어버렸어요. 그들에게 친절하

　　　게 말하세요, 조르주 씨. (그녀는 숨어서 살핀다.)
조르주　　(앞으로 나서며) 부인.
부　인　　탱크가 이제 저기 있어요.
남　자　　시청 앞에 세 대나 있어요.
부　인　　대단히 크고, 7미터나 되죠.
남　자　　(독일 초소를 가리키며) 주의하세요.
수포 부인　　(여관의 문으로 들어선다.) 조르주! 페르 귀스
　　　타프! 대위님이 아침식사 하는 방에 오르되브르
　　　를! 원하는 게 뭐죠?
부　인　　식량이 문제입니다, 부인. 체육관에는 21명이
　　　남아있습니다.
수포 부인　　내가 말했지, 조르주. 여관이 구걸 때문에
　　　해를 입지 않도록 신경 좀 쓰라고.
남　자　　구걸이라니 무슨 말입니까?
수포 부인　　왜 사람들에게 말하지 않았지? 이제는 독
　　　일의 지휘관과 관계가 있지, 더 이상 우리와 관
　　　계 있는 것이 아니라고 말이야. 좋은 시절은 지
　　　나가 버렸어요.

부　인　당신은 도자기그릇을 빼돌리기 위해 모든 사
람이 여기 남아있어야 된다고 충고했습니다. 그
런데 이제 우리가 체육관으로 되돌아가야 된다는
말입니까?

수포 부인　부인, 결단코 그런 밀고자가 되어서는 안됩
니다.

부　인　부인, 독일사람을 핑계로 삼지 마십시오.

수포 부인　(어깨 너머로 소리친다.) 오노레!

부　인　나는 이제 아기와 같이 보르도에 있는 언니 집
에 있을 수도 있습니다. 그런데 당신은 우리에게
하숙을 약속하셨죠, 부인.

수포 부인　강요에 마지 못해 양보한 겁니다, 부인.

중대장　(그녀의 뒤로 간다.) 규정에 따른 약탈이 지속되
고 있죠. 하지만 이제 여기서는 다시 풍기와 질
서가 잡힐 겁니다, 여러분. (독일 초소를 가리키며)
내가 총검으로 당신을 이 마당에서 내쫓아주기를
바라고 있나요? 흥분하지 마세요, 부인. 심장을
생각하셔야죠.

부 인 더러운 사람들이군!

남 자 (그녀를 만류하고서 데리고 나간다.) 부인, 다른 시
대가 또 올 겁니다.

수포 부인 여기에 악취가 나기 시작하는군. 북부지방
도시의 하수구들이 평화로운 우리 마을에 쥐를
들여보내고 있어. 값싼 포도주 술집의 단골들이
우리에게 나타났거든. 틀림없이 피비린내 나는
담판이 있을 거야. 페르 귀스타프, 네 사람을 위
한 아침식사를 준비하게.

중대장 (조르주에게) 여기 있었군! 시장이 여기로 올
걸세. 그가 독일대위를 만나기 전에, 내가 그와
꼭 말할 게 있다고 전해 주게. (그는 수포 부인을
다시 여관으로 데리고 들어간다.)

(그 두 사람이 사라지자, 시몬이 피난민들의
뒤를 쫓아간다.)

조르주 페르 귀스타프! 독일 대위님을 위한 오르되브
르를 가져오세요!

페르 귀스타프의 목소리 (창고 쪽에서)　알았어. 모든
　　게 그 대위님을 위한 것뿐이지.

　　　　　(시몬이 숨이 차서 돌아온다.)

조르주　너는 그 사람들에게 무슨 이야기를 한 거지?
시　몬　그들이 체육관에서 하고자 하려는 걸 하게 될
　　거라고요. 내가 저녁에 그렇게 하겠어요.
조르주　네가 아직 열쇠를 가지고 있는 건 다행이야.
시　몬　그것은 약속된 거예요.
조르주　조심하여라 그건 도둑질이야.
시　몬　주인도 말했어요. "시몬, 네가 있는 한, 그 이
　　느 것도 독일인의 수중에 들어가지 않을 것이다.
　　난 그것을 확신할 수 있어."라고 말이에요.
조르주　하지만 수포 부인은 지금 다르게 말하고 있어.
시　몬　아마도 그녀는 강요당했나 봐요.

　　　　　(시장이 안마당의 문에 나타난다.)

시　몬　(그에게 가서 속삭인다.) 시장님, 지금 무슨 일이

일어났나요?

시　장　무슨 말이니, 시몬? 나는 너에게 기쁜 소식을
　　　　가져왔단다. 너의 아버지를 시청 사환으로 추천
　　　　했어. 시몬, 넌 그러한 대가를 받을 만했었지.
　　　　네가 일자리를 잃었다는 것은 더 이상 문제가 되
　　　　지 않아.

시　몬　(속삭이며) 시장님, 시청 앞 광장에 세 대의 탱
　　　　크가 있다는 게 사실인가요? (더 나지막하게) 휘발
　　　　유가 아직도 거기 있어요.

시　장　(멍하게) 그래, 그건 좋지 않은 일이야. (갑자
　　　　기) 도대체 너는 여태 여관에서 무엇을 하고 있
　　　　는 거야, 시몬?

시　몬　하지만, 휘발유를 어떻게 해야만 해요, 시장
　　　　님. 어떻게 하실 수 없나요? 수포 부인에게 그
　　　　점에 대해 분명히 물어 보아야겠어요.

시　장　우리가 수포 부인을 걱정할 필요는 없다고 생
　　　　각해, 시몬.

시　몬　무언가 할 수 있을 거예요. 나는 벽돌공장을

훤히 알고 있어요.

시　장　(애매한 어투로) 네가 경솔한 행동을 하지 않기
　　　를 바란다, 시몬. 나는 생마르탱 시에 대해 커다
　　　란 책임이 있어. 이해하겠지.

시　몬　예, 시장님.

시　장　왜 내가 너하고 이런 말을 하고 있는지 모르겠
　　　구나. 너는 아직 어린애인데. 여하튼 나는 모든
　　　이들이 이제 최선을 다해야 한다고 생각해, 그렇
　　　지 않니?

시　몬　그래요, 시장님. 벽돌공장이 불타게 된다
　　　면…….

시　장　맙소사. 그런 것을 생각해서는 안 돼. 그리고
　　　이제 나는 들어가야만 한다. 이건 내가 지금껏
　　　걸어왔던 과정 중에서 가장 어려운 발걸음이구
　　　나. (그는 안으로 들어가려고 한다.)

　　　　　(중대장이 밖으로 나온다.)

중대장　샤베 씨. 때마침 아침식사하려고 오시는군요.

시 장　나는 식사를 했습니다.

중대장　유감이군요. 전혀 알지 못하신 것 같군요. 어
제도 여기서 여러 가지 불쾌한 일들이 일어났습
니다. 관청은 묵인했지요. 이기적인 목적을 위해
프랑스의 붕괴를 철저하게 이용하려는 사람들의
몰염치한 시도에 곧바로 저항하지 않았다는 것은
한탄할 일이죠. 우리의 독일 손님들은 최소한 우
리에게서 정중한 행동을 기대하고 있습니다. 예
를 들어 독일 사령관은 벽돌공장의 속사정에 대
해 벌써 잘 알고 계십니다. 아마 그 점을 염두에
두셔야 될 겁니다. 샤베 씨. 그 일이 식욕을 떨
어뜨렸나 보죠? 먼저 가세요, 시장님.

시 장　(중얼거리듯) 당신이 먼저 가시오, 중대장님.

　　　(그 두 사람은 여관으로 들어간다.　그들을
　　　따라 페르 귀스타프가 창고에서 나온다.)

페르 귀스타프　(음식을 들고 들어가면서) 날씨가 정말 좋
군. 여행하기에도 좋고 말야! 부자는 부자끼리

한 통속이 되는 법이지, 안 그래요, 조르주? 그 사람들은 맛있는 음식을 팔 듯, 프랑스를 팔아먹지! (퇴장)

(시몬은 모든 것을 주시한다. 그리고 갑자기 주저앉는다.)

조르주   시몬! 무슨 일이야? 시몬!

(시몬이 그에게 대답하지 않는다. 조르주는 그녀를 흔들어 깨우려는 몸짓으로, 꼼짝 않고 서 있다. 시몬이 백밀통을 끄는 동안, "부자는 부자끼리 한 통속이 되는 법이지"라는 페르 귀스타프의 말이 약해지면서 기계적으로 반복된다.)

시몬 마샤르의 백일몽

(6월 20일)

어지럽게 뒤섞인 군가. 여관의 배경이 훤히 들여다
보인다. 고블랑 천으로 된 커다란 휘장 앞에 칼 대제
로서의 시장과 부르군트의 공작인 중대장, 그리고 칼
을 무릎에 올려놓은 독일대위가 앉아 있다. 수포 부
인은 앉아서 대리석 테이블 위에서 스커트 카드놀이
를 하고 있다.

수포 부인-이사보   나는 더 이상 폭도들을 보고 싶지
　　않아요, 사령관님.
독일 대위-사령관   이사보 왕비님, 우리 뒤에 숨으십
　　시오. 제가 모두를 마당에서 내쫓고 질서를 바로
　　잡겠습니다. 계몽시킬 겁니다.
시 장 - 왕   한 번 들어보시오! 저기서 북소리가 들리
　　는 것 같다는 내 말이 맞지 않소?

(멀리서 요한나의 북소리가 들린다.)

중대장-부르군트 나는 들리지 않는 걸요. 클로버 에
　　이스 카드를 내놔요.

(북소리가 그친다.)

시 장 - 왕 (머무적거리며) 아니라고요? 부르군트 공
　　작, 나의 요한나가 어려움에 빠져서 도움을 필요
　　로 하고 있다고 생각하고 있소, 아시겠소!

중대장-부르군트 하트 10번 카드요. 나는 포도주를
　　팔기 위해 평화가 필요해요.

독일 대위-사령관 부인, 별미 식사의 가격은 얼마입
　　니까?

수포 부인-이사보 누가 패를 섞죠? 은닢 만 개입니
　　다, 사령관님.

시 장 - 왕 이번에 나는 확신해요. 그녀가 위험에 처
　　해 있는 게 틀림없어요, 더 자세히 말하면 죽을
　　지도 몰라요. 나는 그녀를 도우러 급히 가야 해

요. 그리고 모든 것을 취소시켜야 합니다. (그는
손에 카드를 쥐고서 일어선다.)

중대장-부르군트 조심하세요. 딩신이 시금 간다면, 마
지막이 될 겁니다. 당신은 잘 모르고 있어요. 계
속해서 마음이 산란하면 어떻게 놀이를 할 수 있
겠어요. 클로버 잭입니다.

시 장 - 왕 (다시 앉는다.) 그럼 좋아요.

수포 부인-이사보 (그의 뺨을 때린다.) 이건 당신의 독
단적인 언행에 대한 대가예요.

독일 대위-사령관 죄송합니다. 이사보 왕비님. (그가
테이블 위에 있는 동전을 센다.) 하나, 둘, 셋…….

(독일 대위가 계속해서 세는 동안, 조르주는
시몬을 백일몽에서 흔들어 깨운다.)

조르주 시몬! 너는 지금 눈을 뜬 채 꿈을 꾸고 있구
나.

시 몬 저와 함께 가시는 거죠, 조르주씨?

조르주 (붕대를 감은 팔을 응시하며, 기쁘게) 시몬, 나는

다시 팔을 움직일 수 있단다.

시 몬   잘됐군요. 그렇지만 우리는 벽돌공장으로 가야
　　　　해요, 조르주 씨. 시간이 없어요. 페르 귀스타프,
　　　　당신도 같이 가셔야 해요. 빨리요.

페르 귀스타프   (여관에서 나오며) 내가? 그들이 벽보를
　　　　붙였어. '전쟁에 중요한 설비를 파괴하는 자는 총
　　　　살형을 당한다'고 말야. 그 사람들은 농담을 몰
　　　　라.

시 몬   시장이 원하고 있어요.

페르 귀스타프   시장은 더러운 자식이야.

시 몬   하지만 같이 가시는 거죠, 조르주 씨? 앙드레
　　　　를 위해서예요. 나는 어떻게 그 많은 휘발유를
　　　　없애야 하는지 모르겠어요. 벽돌공장을 온통 불
　　　　태워야 할까요?

조르주   너는 아직 이해하지 못했어. 나는 다시 팔을
　　　　움직일 수 있다는 것을.

시 몬   (그를 쳐다보며) 저하고 같이 가지 않으실 거예
　　　　요?

페르 귀스타프   저기 또 한 사람이 오는군.

> (한 독일 군인이 배낭을 질질 끌면서 안마당
> 으로 들어온다. 그를 보자마자, 시몬은 놀라
> 며 급히 달려나간다.)

독일 군인   (배낭을 내던진다. 땀을 흘리며 그의 철모를 조금
   쳐들고는 다정한 몸짓을 하면서 무언가를 말하려고 한
   다.) 대위라고요? 안에 계세요?

조르주   (손짓으로) 저기. 여관 안에. 담배 드릴까요?

독일 군인   (담배를 받고는 삐쭉 웃는다.) 망할 놈의 전쟁.
   (총을 쏘는 흉내를 내고는 거부하는 손짓을 한다.)

조르주   (웃으며) 붐, 붐 (입술로 방귀소리를 낸다. 둘 다 웃
   는다.)

독일 군인   더러운 독일 대위놈.

조르주   뭐라고요? 어떻다고요?

독일 군인   (한쪽 눈 안경을 끼고 독일 대위 흉내를 내며) 빌
   어먹을 놈.

조르주   (이해하면서, 자신도 중대장과 수포 부인을 적절하게
   흉내낸다.) 모두 빌어먹을 연놈들이야.

(그들은 다시 웃는다. 그러고 나서 독일 군인
은 배낭을 집어들고서는 안으로 들어간다.)

조르주　(페르 귀스타프에게) 저런, 사람들은 참 쉽게 친
해지는군!

페르 귀스타프　조심하게나.

조르주　물론이지요. 내 팔을 다시 움직일 수 있는 지
금 말이에요.

(독일 대위, 중대장, 시장 그리고 수포 부인
이 여관에서 나온다.)

중대장　대위님, 그렇게 은밀한 협정을 할 수 있어서
매우 기쁩니다.

독일 대위　귀부인, 즉석에서 휘발유 저장분을 마음대
로 쓰게 해주셔서 당신에게 감사를 드립니다. 국
군이 그것을 사용하는 것은 아니지만 말입니다.
하지만 우리는 그것이 협력에 대한 당신의 선한
의지를 증명하는 것이니까 그것을 받아들이겠습
니다.

수포 부인   벽돌공장은 멀지 않아요.
독일 대위   나는 탱크를 거기로 보낼 겁니다.

　　　　　(하늘이 붉게 물들어져 있다. 놀라서 그들은
　　　　　멈춰 서있다. 멀리서 폭발음이 들린다.)

대 위   저게 무슨 일입니까?
중대장   (쉰 목소리로) 벽돌공장이.

b

밤이다. 정원 대문을 두드리는 소리가 들린다. 조
르주가 방에서 나와 주인과 두 운전사에게 문을 열어
준다.

주 인   잘 지냈나, 조르주? 어머니는 건강하시지? 여
관은 여전한 것 같군. 내가 마치 노아의 내홍수
가 시나간 후에 나타난 것 같아. 안녕, 시몬!

(시몬이 대충 옷을 입고 운전사 방에서 나온
다. 로베르가 그녀를 포옹한다. 페르 귀스타
프 역시 나온다.)

로베르   네가 우리 방에서 지냈어? (그가 그녀와 주위를
돌면서 춤을 추며, 콧노래로 흥얼거린다.)
잔, 때까치가 돌아왔어.
장미는 아직 그곳에 있지.

어머니는 샤르트뢰즈 술을 마시고,

아버지는 보크 맥주를 마시지.

주 인 이곳에 무슨 일이 있었나?

조르주 독일군 대위가 왔었습니다. 수포 부인은 벽돌

공장에 관한 심문 때문에 약간 지쳐 있습니다.

독일군 대위가….

주 인 무슨 조사였지?

시 몬 앙리 씨, 모든 것을 주인님 뜻대로 했습니다.

저도 어제 저녁 체육관에 무언가를 가지고 갔었

어요.

주 인 나는 벽돌공장에 무슨 일이 일어났는지를 묻

고 있는 거야.

조르주 (주저하며) 불타 버렸어요, 앙리 씨.

주 인 불탔다고? 독일인들이?

조르주 (머리를 흔든다.)

주 인 부주의로 인해? (그는 한 사람씩 쳐다본다. 아무

대답이 없다.) 당국이?

조르주 아닙니다.

주 인   체육관의 무뢰한들이.

조르주   아니에요, 앙리씨.

주 인   그럼 이 경우는 방화란 말이지. (발을 잘린 듯이
         큰 소리로 꿍꿍거린다.) 누구야? (아무도 대답이 없
         다.) 아, 그러니까 자네들 모두가 공모한 거로군.
         (흥분하지만 침착하게) 그래서 이제 자네들이 드디
         어 그런 짓을 저질렀군. 어제 자네들이 고마움을
         표시한 것을 보면 예견할 수 있던 일이지. "거친
         언행으로 귀찮게 하지 마세요"라고 했지. 그렇
         지, 페르 귀스타프? 좋아, 나는 도전에 응하겠
         어. 물론 우리는 알게 되겠지.

조르주   그건 독일 사람들 때문이에요. 앙리 씨.

주 인   (빈정거리며) 아 그래, 내 벽돌공장인데 방화를
         해서 독일인들에게 대항한단 말이군. 자네들은
         증오와 파괴욕에 눈이 멀어 자네들에게 우유를
         주는 암소를 도살한 거야. (갑작스레) 시몬!

시 몬   예, 주인님.

주 인   누가 그랬는지 나에게 당장 말하여라.

시　몬　저예요, 주인님.

주　인　뭐라고? 네가 감히 그런 짓을 하다니? (그녀의
　　　　팔을 세게 잡아당기며) 누가 너에게 그것을 지시했
　　　　지? 배후에 누가 있었어?

시　몬　아무도 없습니다, 주인님.

주　인　거짓말하지마, 알겠어! 그렇게 말하면 안 돼.

조르주　제발 그 애를 그냥 두세요, 앙리 씨. 저 애는
　　　　거짓말을 하는 것이 아니에요.

주　인　누가 너에게 그것을 하라고 명령했지?

시　몬　저는 오빠를 위해 그렇게 한 거예요, 주인님.

주　인　아, 앙드레가! 그가 주인에게 대항하도록 너를
　　　　부추긴 거구나, 그렇지? 밑바닥에 있는 우리는
　　　　어떡하지? 나는 그가 빨갱이라는 것을 벌써부터
　　　　알고 있었어. 누가 너를 도와 주었지?

시　몬　아무도 없습니다, 주인님.

주　인　그럼 왜 그 짓을 한 거지?

시　몬　휘발유 때문이에요, 주인님.

주　인　그 때문에 그 벽돌공장 전부를 방화해야 했단

말이야? 왜 너는 휘발유를 최소한 조금이라도
흘려보내지 않았지?

시 몬   저는 그건 몰랐어요, 앙리 씨.

조르주   그 애는 어린 아이예요, 앙리 씨.

주 인   방화자들이야! 모두 다! 파괴자들! 내 마당에
        서 나가시오, 페르 귀스타프! 너는 해고야, 조르
        주! 자네들은 독일 사람들보다 더 나쁜 자들이
        야.

조르주   아주 잘 됐군요, 앙리 씨. (그가 시몬 옆에 선
        다.)

주 인   아무도 심문에 관해서는 말하지 않았지? 심문
        은 어땠나?

조르주   독일인들이 조사했어요.

주 인   그러면 그 일이 독일인들이 그곳에 있을 때 일
        어났단 말이지?

조르주   예.

주 인   (절망하여 앉을 수밖에 없는 것처럼 보인다.) 게다가!
        여관 역시 망하는구나! (머리를 양손에 파묻는다.)

페르 귀스타프　앙리 씨, 생마르탱 시에서는 어제 오후
　　　에 여관에 대해 충분히 이야기했어요. "독일군
　　　소유"라고 말이에요.

주　인　나는 군법회의에 나가게 될 거야. 자네들이 나
　　　를 그 지경이 되도록 한 거야. (절망한 채) 나는
　　　총살당하게 될 거야.

시　몬　(앞으로 나선다) 주인님, 총살당하지는 않을 거
　　　예요. 그건 내가 했으니까요. 저와 함께 독일 대
　　　위에게 가세요. 제가 모든 것을 떠맡겠습니다,
　　　주인님.

모리스　그건 문제가 아니란다.

주　인　왜 그게 문제가 되지 않지? 그 애는 어린아이
　　　야. 아무도 그 애를 건드리지 않을 거야.

모리스　당신은 독일인들에게 그 애가 했다고 말할 수
　　　있어요. 하지만 우리는 그 애를 데리고 갈 겁니
　　　다. 시몬, 즉시 옷을 입어라.

주　인　그러면 우리는 공범자가 돼.

시　몬　모리스, 나는 남아 있어야 해요. 앙드레가 그

걸 바라고 있을 거예요.

주 인　그 애가 그 일을 독일군이 온 다음에 했느냐, 아니면 전에 했느냐에 모든 것이 달려있어. 그 전에 했다면 전쟁업무야. 그렇다면 그 애에게 아무 짓도 할 수 없어.

페르 귀스타프　(아첨하면서) 그들은 '이제부터 적의 있는 행동을 하는 모든 자는 총살형에 처한다'라는 벽보를 곧바로 붙였어요, 앙리 씨.

주 인　(시몬에게) 너는 그 벽보를 보았니?

시 몬　예, 주인님.

주 인　어떻게 생긴 거지?

시 몬　빨간 종이에 쓰여 있었어요.

주 인　맞나? (페르 귀스타프가 고개를 끄덕인다.) 이제 독일인들이 너에게 물어보게 되겠군, 시몬. 너는 방화한 다음에 그것을 읽었지? 그렇다면 그것은 조업방해는 아니었어, 시몬. 그리고 너에게는 아무 짓도 하지 못할거야.

시 몬　나는 그것을 그전에 읽었어요, 주인님.

주 인 너는 내 말을 이해하지 못했구나. 네가 나중에
　　　야 그것을 읽었다면, 독일인들의 십중팔구는 너
　　　를 시장에게 넘길 거야. 그건 단지 프랑스 인들
　　　에게 관계 있는 사건일 뿐이니까. 그러면 너는
　　　아무 문제가 없을 거야. 알겠니?

시 몬 예, 주인님. 하지만 나는 그전에 읽었어요.

주 인 그 애가 어리둥절한 모양이군. 페르 귀스타프,
　　　당신도 그때에 마당에 있었지. 언제 시몬이 떠났
　　　나?

페르 귀스타프 그 전에요, 앙리 씨. 물론 그 벽보가
　　　붙기 전이었어요.

주 인 너도 알겠지.

시 몬 잘못 생각하고 있는 거예요, 페르 귀스타프.
　　　내가 가기 전에, 벽보에는 그것이 금지되어 있다
　　　고 제게 직접 말하셨잖아요.

페르 귀스타프 나는 전혀 그렇게 말하지 않았다.

주 인 물론 아니지.

모리스 앙리 씨, 저 애는 당신의 계략에 대해 어떤 것

도 알고 싶어하지 않는다는 것을 알아채지 못하고 있나요? 그 애는 자기가 그 일을 한 것을 부끄러워하지 않고 있어요.

시 몬 주인님은 단지 저를 돕고 싶으신 거예요, 모리스.

주 인 그렇단다. 시몬, 넌 나를 믿지? 그렇지? 잘 들어라. 우리가 이야기할 사람은 적이야. 이건 전혀 다른 이야기야. 너는 이해하겠지. 그들은 많은 질문을 할 거다. 하지만 너는 생마르탱과 프랑스 인들에게 유리한 대답만 하면 돼. 그건 간단하지, 그렇지?

시 몬 예! 주인님. 하지만 나는 거짓을 말하고 싶지 않아요.

주 인 알겠다. 넌 진실이 아닌 것은 말하고 싶지 않겠지. 결코 적에게 그러고 싶진 않을 거야. 좋아. 내가 졌다. 너에게 한가 지만 부탁하겠다. 아무 말도 하지 말아라. 우리에게 맡기거라. 나에게 위임하라고. (하마터면 눈물을 흘릴 뻔하며) 나

　는 끝까지 너의 편을 들겠다. 너도 알 거다. 우
리 모두는 너를 도울 거야. 우리는 프랑스 인이
니까.

시 몬　예, 주인님.

　　　(주인은 시몬의 손을 잡고 그녀와 함께 여관
　　　으로 들어간다.)

모리스　그녀는 책을 잘 읽지 못했어.

4. 재판소

a. 시몬 마샤르의 네번째 꿈

(6월 18일에서 19일에 이르는 밤)

어지럽게 뒤섞인 음악. 안마당에는 무장을 한 독일
군 대위와 오를레앙의 소녀인 시몬이 붉은 나치 마크
가 그려진 검은 갑옷을 입은 군인들에 둘러싸여 있
다. 독일군 대위의 당번인 듯한 한 사람이 나치 마크
가 그려진 부대깃발을 들고 있다.

독일 대위　　오를레앙의 요한나인 너는 이제 우리에게
　　　　　체포되었다. 그리고 너는 중죄 재판관에 인도되
　　　　　었다. 이곳은 네가 왜 화형 당해야 하는지 결정
　　　　　하게 될 것이다.

(기수(旗手)를 제외하고 모두 퇴장한다.)

시 몬   무슨 재판이라고 했죠?

기 수   관례적인 것은 아니다. 종교적인 재판이지.

시 몬   저는 신앙 고백할 게 아무것도 없어요.

기 수   그래 됐다. 그러나 심리(審理)는 벌써 끝난 모
양입니다

시 몬   도대체 심문도 받기 전에 판결을 한단 말인가
요?

기 수   그럼, 당연한 일이지.

（짐작건대 심리에 참석했던 것처럼 보이는 사
람들이 여관에서 나온다. 그리고 안마당을 지
나 거리로 간다.）

페르 귀스타프   （안마당을 통해 가는 동안, 테레제에게） 사
형이라니! 그 애의 나이에!

테레제   그래요, 그저께만 해도 누가 그렇게 생각했나
요!

시 몬   （그녀의 소매를 잡아당기며） 히틀러도 거기 있었
나요?

(테레제는 그녀에게 관심이 없는 것처럼 보인
다. 테레제는 페르 귀스타프와 함께 퇴장한
다. 시몬의 부모가 안마당을 지나간다. 아버
지는 유니폼을 입고 있고, 어머니는 검은 옷
을 입고 있다.)

마샤르 부인   (흐느끼며) 어린아이인데 저렇게 제멋대로
굴다니. 꼭 그 애 오빠 같군요. 이건 마샤르 씨
에게는 엄청난 타격이에요. 시청의 사환인 그의
처지로는! 치욕이죠! (둘 다 퇴장)

(모리스와 로베르 형제가 마당을 지나간다.)

로베르   시몬은 괜찮아 보이는데.

모리스   특히 주름 잡힌 푸른 옷까지 입고 있잖아.

시 몬   (로베르의 소매를 잡아당기며) 재판을 봤나요?

로베르   (무관심하게) 그럼, 물론이지.

시 몬   저도 보게 될까요?

로베르   물론이다. 재판관이 너에게 사형을 선고하기
위해 나올 거야. (둘 다 퇴장)

큰 목소리   조용히! 자리를 비켜 주세요! 이제 성(聖)
처녀에 대한 판결을 내리겠습니다. 루앙의 고귀
하신 주교와 추기경의 종교재판입니다. 성 처녀
에 대한 첫 사형 선고입니다.

> (여관 입구로부터 화려한 추기경 복장을 한
> 재판관이 들어온다. 그는 얼굴에 경본(經本:
> 성무일과서)을 대고 있어서, 누군지 알아볼
> 수 없다. 그는 안마당을 지나간다. 그는 청동
> 으로 된 삼발이 좌석 앞에 가서 선다. 몸을
> 돌리고 경본을 덮는다. 소매에서 막대를 빼내
> 어 엄숙하게 부러뜨리고, 그 한 조각을 냄비
> 에 던져 넣는다.)

큰 목소리   추기경 예하(猊下), 보베의 주교시여. 오를
레앙 시(市)의 해방 때문에, 사형.

> (그는 가기 전에, 태연하게 얼굴을 어깨 너머
> 로 다시 돌린다. 그는 육군 대령이다.)

시 몬   대령님.

　　　　　(두 번째 재판관이 여관 입구에서 나오고 의
　　　　　식(儀式)이 반복된다.)

큰 목소리　　오를레앙 시의 해방을 위해, 그리고 훔진
　　　　　물건으로 오를레앙 시의 역겨운 자들을 부양한
　　　　　것 때문에, 사형.

　　　　　(두 번째 재판관도 그의 얼굴을 보인다. 중대
　　　　　장이다.)

시　몬　　중대장님!

　　　　　(세 번째 재판관이 여관 입구에서 나오고, 의
　　　　　식이 반복된다.)

큰 목소리　　파리 시에 대한 음모와 암거래된 휘발유에
　　　　　대해, 사형.

　　　　　(세 번째 재판관은 주인이다.)

시　몬　　앙리 씨, 당신이 판결하는 사람이 바로 나예요.

(주인은 어쩔 수 없다는 몸짓을 한다. 네 번
째 재판관이 여관 입구에서 나오자, 의식이
반복된다.)

큰 목소리 모든 프랑스 인의 화합에 대해, 사형.

(네 번째 재판관은 그의 경본을 경련이 생길
만큼 꽉 쥐고 있다가 그것을 떨어뜨린다. 그
는 몸을 구부려 황급히 그것을 주우려 하다가
다른 사람들이 알아보게 된다. 시장이다.)

시 몬 시장님조차도. 오, 샤베 씨!

큰 목소리 너의 높으신 재판관들이 판결을 내렸다, 요
한나.

시 몬 그러나 그들은 프랑스 인이잖아요. (기수에게)
무언가 잘못됐어요.

기 수 아니야, 아가씨. 이 법정은 프랑스 법정이야.

(네 명의 재판관이 안마당의 입구에 서 있다.)

시 장 너는 책을 봐서 그것을 알고 있지. 성 처녀는

프랑스 인이기 때문에 당연히 프랑스의 재판관들 로부터 유죄 판결을 받은 거야.

시 몬   (당황해하며) 그게 사실이군요. 내가 사형선고 를 받는다는 것을 책을 통해 이미 알고 있었어 요. 그러나 저는 왜 그런지를 정말 알고 싶어요. 아시겠지만, 그건 정말 이해할 수 없어요.

시 장   (재판관들에게) 그녀는 심리를 원하고 있습니다.

중대장   판결이 벌써 내려졌다면 심리가 도대체 무슨 의미가 있다는 겁니까?

시 장   그렇지만 이 경우에는 최소한 피고인을 취조 하고 심문하며, 토론하면서 신중히 헤아려 보아 야지요.

대 령   너무 경솔하게 생각하시는군요. (어깨를 움츠리 며) 그러나 당신이 원하신다면 좋습니다.

주 인   사실 우리는 준비를 하지 않았습니다.

        (그들은 머리를 맞대고 속삭이며 상의한다.
        페르 귀스타프가 테이블 하나를 가지고 나와
        서는 그 위에 접시와 초를 갖다 놓는다. 재판

관들이 테이블에 앉는다.)

페르 귀스타프   체육관에서 나온 피난민들이 밖에 있
      어요. 그들은 심리에 입회하기를 원하고 있습니
      다.

주 인 불가능한 일이오. 나는 어머니를 기다리고 있
      어요. 어머닌 그 사람들에게서 냄새가 난다고 했
      어요.

중대장   (뒤 쪽으로) 심리는 문을 닫아놓고 열립니다.
      국가의 이익을 위해서 말입니다.

주 인   소송기록들이 어디 있습니까? 아마도 우리 주
      위의 모든 것이 뒤죽박죽이 되어 버린 것 같군
      요.

시 장   고소인은 어디 있습니까?

       (재판관들이 서로를 쳐다본다.)

시 장   고소인이 없으면 공적인 일이 아닙니다.

주 인   페르 귀스타프, 저장창고에서 고소인 한 사람

을.

페르 귀스타프 (마당대문으로 나서며 거리쪽으로 외친다) 루앙의 숭죄 종교재판소에서는 성(聖) 처녀에 대해 항고를 제기할 사람을 요청하고 있습니다. 아무도 없습니까? (그는 그 요청를 반복한다. 그리고 재판관들에게) 고소인으로서, 왕의 어머니이신 이사보께서 나오십니다. 불구대천의 원수이며 변절자인 부르군트 공작의 당원이십니다.

수포 부인 (전투 무장을 하고서 여관에서 나온다. 큰 여관의 안주인답게 상투적인 호의를 보이며, 깊숙이 머리를 숙인 재판관들을 반갑게 맞이한다.) 중대장님, 안녕하세요. 앉으시지요. 너무 신경 쓰지 마시고 편안히 하십시오. (어깨 너머로 여관을 향해) 중대장님을 위한 알사스-로랭25) 1인분을, 충분히 잘 구워서. 코네타브레, 농부들을 어떻게 하시기를 원하십니까? 대령님, 이번에는 서비스에 만족하십

---

25) 역자 주 ; 철광석이 많이 나는 지역으로 프랑스 영토였지만 1940과 1945년 사이에 히틀러 정권에 넘겨짐. 여기서는 비유적으로 쓰임.

니까? (시몬을 가리키며) 이 오를레앙의 소녀가 협
상을 방해하지 않았더라면, 모든 것들이 다 구제
되었을 겁니다. 모든 것들이, 프랑스와 벽돌공장
역시 말입니다. 여러분들은 너무 약합니다. 누가
여기서 결정을 내려야 한단 말입니까? 교회입니
까, 아니면 여관의 하녀입니까? (미친 듯이 소리를
치기 시작한다.) 나 이 사람은 이교도적이며 순종
하지 않을 뿐 아니라 너무 제멋대로 굴기 때문에
즉시 교수형에 처해지기를 원합니다. 머리를 내
동댕이쳐야 합니다. 피를 흘려야 합니다. 피를
흘리며 뿌리채 뽑아야 합니다. 처참한 본보기로
삼아야 한단 말이에요. (기진맥진하여) 나에게 포
도주를!

중대장　왕의 어머니께 의자를.

　　　　　(페르 귀스타프가 그녀에게 의자를 갖다 준다.)

주　인　철갑옷이 거북하지 않으세요, 어머니? 도대체
왜 전투복장을 하고 계신 거예요?

수포 부인　나 역시 전쟁을 치르고 있지.

주　인　무슨 전쟁 말입니까?

수포 부인　나의 전쟁이다. 체육관에 있는 사람들을 사
　　　　주하고 있는 저 선동적인 처녀에 대한 전쟁이지.

중대장　(날카롭게) 쉿, 조용히! (시몬에게) 도대체 너는
　　　　무슨 권리로 프랑스 인들을 전쟁으로 이끈 거
　　　　지?

시　몬　천사가 그것을 나에게 명령했어요, 존경하는
　　　　보베의 주교님.

　　　　　　(재판관들이 서로를 쳐다본다.)

주　인　그래? 천사라고? 어떤 천사 말이냐?

시　몬　교회의 천사죠. 제단의 왼쪽에 있는 천사 말입
　　　　니다.

중대장　아무도 안 보이는데.

시　장　(친절하게) 그 천사가 어떻게 생겼지, 시몬? 우
　　　　리에게 설명해 보겠니?

시　몬　그는 아주 젊어요, 아름다운 목소리를 가지고

　　　　있고요, 존경하는 여러분. 그가 말하기를 제가
　　　　해야만……．
대　령　(끼어 들며) 그가 말한 것은 관심이 없다. 그는
　　　　어떤 사투리로 이야기를 했지? 교양 있는 사람
　　　　처럼 말했어? 아니면?
시　몬　모르겠어요. 흔히 말하듯이 그랬어요.
중대장　아하.
주　인　도대체 그 천사가 어떤 옷을 입고 있었니?
시　몬　그는 매우 아름다운 옷을 입고 있었어요. 그의
　　　　옷은 미터당 20 내지 30프랑 되는 투르 지방의
　　　　천으로 되어 있어요.
중대장　이해가 잘 안 되는 말이구나, 시몬아, 아니 요
　　　　한나야, 그 천사는 아마도 미터당 200 내지
　　　　300프랑 나가는 옷을 입은 그런 장대하고 화려
　　　　한 천사는 아니었니?
시　몬　모르겠어요.
대　령　그런데 옷은 어땠니? 너무 헤어진 건가?
시　몬　다만 천사의 소매가 아주 조금 색이 바래 있었

　　　　어요.

대　령　　아하, 소매의 색이 바래 있었다고. 일할 때도
　　　　그 옷을 입어아만 했딘 모양이군, 뭐라고? 혹시
　　　　찢어지지는 않았니?

시　몬　　아니에요, 찢어지지는 않았어요.

중대장　　하지만 일하면서 색이 바랜 소매가 찢어졌을
　　　　지도 모르지. 아마 색이 바래서 안 보였을 거야.
　　　　아마 그랬을 거야, 그렇지 않니?

　　　　　　(시몬이 침묵한다.)

대　령　　그 천사는 신분이 높은 사람이 말할 수도 있는
　　　　그런 말을 했니? 잘 생각해 보아라.

시　몬　　보다 평범한 말이었어요.

시　장　　그 천사는 네가 아는 사람 중에 누구와 닮았느
　　　　냐?

시　몬　　(나직하게) 제 오빠 앙드레예요.

대　령　　그 비열한 군인 앙드레 마샤르 말이냐! 여러
　　　　분, 이제야 명백해졌습니다. 아주 특이한 천사라

　　　　　고 말할 수밖에 없군요.

수포 부인　목로주점의 천사며 밑바닥 사회의 천사군
　　　　　요! 어쨌든 우리는 이제 그 '목소리'가 무엇을 뜻
　　　　　하는지 알겠어요. 그 목소리는 술집에서 나왔고,
　　　　　그리고 똥오줌 구덩이 너머에서 울려난 거지요.

시　몬　존경하는 주교님, 추기경님, 그 천사를 모욕해
　　　　　서는 안 됩니다.

주　인　너는 우리가 종교재판관이며 소위 세상에서
　　　　　가장 고귀한 권위자라는 것을 너의 책 124페이
　　　　　지에서 알게 될 거야.

대　령　너는 프랑스의 고귀한 추기경인 우리가 여느
　　　　　떠돌이 천사보다 하나님이 무엇을 원하시는지 더
　　　　　잘 알고 있다고 생각하지는 않느냐?

중대장　하나님이 어디에 있느냐, 요한나? 낮은 곳에
　　　　　서냐 높은 곳에서냐? 그리고 소위 너의 천사라
　　　　　는 자는 어디에서 왔지? 낮은 곳에서겠지. 그러
　　　　　면 그는 누구의 사자(使者)지? 하나님의 사자냐?
　　　　　어쩌면 악마의 사자일지도 모른단 말이냐?

수포 부인 악마의 사자예요! 오를레앙의 요한나, 네
가 들은 목소리는 악마에게서 들려온 거야!

시 몬 (크게) 아니에요, 아니에요! 악마가 아니란 말
이에요.

중대장 그를 불러들여라, 너의 천사 말이야! 아마도
그가 오를레앙의 위대한 소녀인 너를 변호해 줄
지도 모르지. 법원지기, 자네 할 일이나 해라.

페르 귀스타프 (외친다.) 이로써 루앙의 존엄한 종교
재판소는 여러 날 밤 이 소녀에게 나타났다는 이
름 모를 천사가 그녀를 위해 증언할 것을 요구합
니다.

(시몬은 차고의 지붕을 본다. 그곳은 비어 있
다. 페르 귀스타프는 그 요구를 반복한다.)

시 몬 (안절부절 못하면서 웃고 있는 재판관들을 쳐다본다.
그리고 나서 웅크리고 앉고서 어찌할 바를 몰라 땅바닥
을 치기 시작한다. 하지만 아무런 소리도 들리지 않고,
차고의 지붕에는 아무도 없다.) 여기서는 아무런 소

리가 없어요. 무슨 일이 일어난 거예요? 아무런 소리가 없어요! 프랑스의 땅은 더 이상 울리지 않아요! 여긴 울리지 않고 있어요!

수포 부인　(그녀에게 가까이 다가간다.) 너는 도대체 누가 프랑스 인인지 알고 있느냐?

b.

　　6월 19일의 아침. 대문의 아치에는 추도의 검은
리본이 매어진 프랑스의 깃발이 반기(半旗)를 하고
있다. 조르주, 로베르 그리고 페르 귀스타프는 검은
테가 둘러진 신문을 읽고 있는 모리스의 말에 귀를
기울이고 있다.

모리스　　휴전 조건들이 프랑스의 명예를 손상시키지
　　않는다고 원수26)가 말하고 있군요.

페르 귀스타프　　그건 나에게 위안이 되는군.

모리스　　그래요. 프랑스의 국민은 아버지의 주위에 모
　　이듯, 이제부터는 자신의 주위에 모여야 한다고
　　원수가 계속 말을 하고 있어요. 새로운 법규와
　　질서가 필요해요.

페르 귀스타프　　그렇게 되어야 하고 말고. 앙드레는 더

---

26) 역자 주 ; 국무총리인 페탱 원수(元首)를 지칭함.

이상 싸우지 않아도 되겠군. 사람들은 무기를 내려놓았어. 이제는 엄한 법규로 사람들을 다스려야 해.

조르주 시몬이 달아난 것은 잘된 일이죠.

(여관의 입구에서 독일 대위가 모자와 검대(劍帶)를 착용하지 않고 나온다. 그는 아침식사 후 담배를 피우고 있다. 그는 그 자리에 있는 사람들을 무심하게 훑어보고는 안마당의 대문 쪽으로 어슬렁거리며 간다. 그는 그곳에서 잠깐 두리번거리다가 몸을 돌려서 재빠르게 여관으로 되돌아간다.)

페르 귀스타프 어린아이가 문제가 된다는 것이 처음부터 그 사람에게는 불쾌했어.

조르주 그 애가 도망갔다는 것은 정말 이상하군요. 그 애는 어떤 경우에도 머물러 있으려고 했거든요. 무언가가 그 애를 놀라게 한 게 틀림없어요. 세탁실의 창문을 통해 곧장 기어나갔거든요.

(주인이 여관에서 손을 비비면서 나온다.)

주 인 모리스, 로베르! 도자기그릇과 은붙이가 들어
     있는 궤짝들을 풀어서 내려! (주위를 둘러본 다음,
     감정을 억누르며) 종업원 중 누가 오늘밤 도주하는
     데 공모를 했는지 묻지 않겠네. 엎지른 물은 다
     시 담을 수 없는 법이지. 내 말은 그게 최악의
     해결책은 아니라는 거야. 실제로 어떤 위험이 닥
     친 것 같지는 않으니까 말이야. 독일인들은 사람
     잡는 사람이 아니야. 자네들의 주인은 그 애가
     나쁘다고 여기지는 않지. 나는 오늘 아침식사할
     때 독일 대위에게 말했어. "웃기는 장난이죠! 벽
     보를 붙이기 전이냐 또는 후냐, 이게 모두 무슨
     소용이 있습니까! 어린아이인데 말이에요! 어쩌
     자는 겁니까? 약간은 저능아죠, 아마도 정신질환
     일지도 몰라요! 탱크들! 그것들을 저지시켜야 한
     다고! 모두 다 파괴시켜야 한다고! 물론 성냥이
     라는 것도 언제나 정말 재미있는 장난이죠. 정치
     적인 음모라고요? 어린애의 장난일 뿐입니다!"라

고 말이야.

조르주   (다른 사람들을 쳐다보며) 앙리 씨, 어린애 장난
이라니 무슨 뜻입니까?

주 인   나는 어머니에게도 말했지. 어린애일 뿐이라
고!

조르주   그 애는 이 여관에서 자신의 의무를 다한 유
일한 사람이었습니다. 그녀 이외에는 아무도 손
을 쓰지 않았어요. 그리고 생마르탱 시는 그 아
이를 잊지 않을 겁니다. 앙리 씨.

주 인   (언짢아하며) 자네들 할 일이나 하도록 해. 그
짐 궤짝들을 부리라니까. 나는 그 사건이 해결된
것을 다행이라고 여기고 있어. 그 독일 대위가
시몬을 체포하지 않을 거라는 걸 확신하지. 그러
니 자네들 일이나 해! 그것이 우리 불쌍한 프랑
스가 필요로 하는 것이야! (퇴장)

조르주   정말 안심이군. 시몬은 달아났으니까 말이야!

모리스   그런데 그게 애국심이라는 것과 전혀 상관이
없다니! 그것은 기분 나쁜 것인지도 몰라. "독일

인들은 사람 잡는 사람이 아니야"라고 말한 것
말이야. 때마침 사람들은 멋진 제스처를 하고서
자신의 군대에는 내어 주지 않았던 휘발유를 독
일군에게 넘겨 주었어. 그때 폭도들이 간여했고,
그들은 애국적이었지.

    (대문을 통해 시장이 들어온다. 그는 창백한
    모습을 하고 있다. 여관 안으로 들어가면서
    인사를 하는 데도 반응을 보이지 않는다.)

시 장   (몸을 돌리면서) 수포 부인의 방 입구 앞에 보초
    병들이 있나?

페르 귀스타프   아뇨, 샤베 씨.

    (시장이 퇴장한다.)

페르 귀스타프   그가 온 건 아마도 독일인들이 체육관
    을 비워 주기를 바라기 때문일 거야. 수포 부인
    이 그 점을 요구하지 않았더라면!

로베르   새로운 법규와 질서 말이죠!

페르 귀스타프   시몬에 관해서는 말이야, 모리스. 일상
   적인 방화로 처리된 것이 틀림없어. 보험 회사에
   서 손해배상을 해야 하니까 말이야. 그런 것을
   쉽게 잊지는 않을 거야.

        (총검이 꽂힌 총을 가진 두 명의 독일 군인
        사이로 시몬이 안마당 대문을 통해 들어온
        다.)

조르주   시몬! 무슨 일이 일어났니?

시 몬   (매우 창백하게 서 있다.) 저는 체육관에 계속 있
   었어요.

로베르   두려워할 필요 없어. 독일인들은 너에게 아무
   짓도 안 할 거다.

시 몬   어제 저녁 심문할 때 제가 프랑스 당국에 넘겨
   질 거라는 말을 들었어요, 로베르.

조르주   그리고 나서 왜 너는 달아났니?

(시몬이 그에게 대답을 하지 않는다. 군인들
이 그녀를 여관 안으로 떼민다.)

모리스   그러니까 이 사건이 독일인들에게는 전혀 해
결된 것이 아니군. 앙리 씨는 잘못 생각하고 있
어.

(안마당 대문을 통해 마샤르 부부가 들어온
다. 마샤르 씨는 시청 사환의 유니폼을 입고
있다.)

마샤르 부인   그 애를 벌써 집어넣었나요? 이건 끔찍
한 일이에요. 마샤르 씨는 어찌할 바를 모르고
있어요. 그건 단지 계약이 이제 만료되었다고 해
서 그런 것만은 아니에요. 마샤르 씨에게 파고드
는 건 수치감입니다. 그렇게 끝날지도 모른다는
것을 나는 항상 알고 있었어요. 이 책을 지속적
으로 읽었던 것이 그 애를 미치게 만들었죠. 그
리고 오늘 아침 일찍 7시에 문을 두드렸고, 독일

군이 안마당에 서 있었답니다. 내가 말했어요, "여러분, 우리의 딸을 찾지 못하면, 그 애는 무슨 짓이든 할 거예요. 방화나, 그렇지 않고는 그 애는 결코 여관을 떠나지 않았을 거예요. 단지 오빠 때문은 아니에요."

(여관에서 주인이 나온다.)

주 인 어려움이 너무 많습니다, 마샤르 씨! 그 애 때문에 나는 10만 프랑의 비용을 치렀습니다. 그 애가 나의 신경을 거슬른 데 대한 대가는 고려하고 있지 않습니다.

(여관에서 수포 부인이 나온다. 그녀는 시몬의 팔을 꼭 붙들고 있다. 그 주저하는 애를 안마당을 거쳐 저장창고로 데려간다. 그 뒤를 시장과 중대장이 따라간다. 네 사람이 창고 안으로 물러난다. 안마당에 있는 이들이 놀라서 쳐다보고 있다.)

시 장   (창고 문 아래에서) 마샤르, 체육관으로 건너가
　　　서 대피시키는 일이 조용히 진행되도록 신경 쓰
　　　시오. 독일군이 그 공간을 필요로 한다고 설명하
　　　시오. (퇴장)
마샤르 부인   예, 시장님.

　　　　　(마샤르 부부가 위엄 있게 퇴장한다.)

로베르   그들이 저장창고에서 그녀를 어떻게 하려고
　　　저러죠? 앙리 씨, 그녀에게 무슨 일이 일어났나
　　　요?
주 인   그렇게 많이 묻지 말게. 우리의 책임이 너무
　　　엄청나네. 잘못된 방법이었네. 그래서 우리 여관
　　　이 망가지고 있네.
수포 부인   (시몬과 같이 창고에서 돌아온다. 시장과 중대장
　　　이 그 뒤를 따른다.) 시장님, 나는 5만 프랑의 값어
　　　치가 나가는 정품 포도주들과 다른 저장품들이
　　　들어 있는 지하실을 그애가 열어놓았다는 것을
　　　이제 직접 눈으로 당신에게 확인시킨 것 같군요.

이렇게 해서 얼마나 많은 상자들이 계속 없어졌
는지를 나는 단지 추측만 할 뿐이에요. 나를 속
이기 위해, 그 애는 당신이 보는 앞에서 나에게
열쇠를 넘겨 준 겁니다. (시몬에게로 몸을 돌리며)
시몬, 네가 직접 식량이 가득 찬 바구니를 체육
관으로 끌고 갔다고 나는 들었다. 그 대가로 무
엇을 얻었지? 그 돈은 어디에 있는 거야?

시 몬 저는 그 대가로 아무것도 받지 않았습니다, 부
인.

수포 부인 거짓말하지마. 다른 사건들도 일어났어. 아
침에 앙리 씨가 떠났을 때, 그는 폭도들에게서
협박을 받았어. 화물차가 여기서 떠날 거라는 소
문이 퍼졌기 때문이지. 네가 이 소문을 퍼뜨렸느
냐?

시 몬 나는 그것을 시장님에게 말했어요, 부인.

수포 부인 네가 그것을 말할 때, 시장의 방에 누가 있
었지? 피난민들?

시 몬 그렇다고 생각해요.

수포 부인　그렇게 생각한단 말이지. 폭도들이 여기에
　　　　나타났을 때, 너는 네가 고용되어 있는 여관의
　　　　저장품에 관해서 그들에게 어떻게 하라고 했지?

　　　　　　(시몬은 이해하지 못한다.)

수포 부인　너는 그들에게, 원하는 만큼 가져가도 된다
　　　　고 말했니? 아니면, 그렇게 하지 않았다는 거
　　　　냐?
시　몬　더 이상은 모르겠어요, 부인.
시　장　도대체 무엇을 더 알고 싶은 겁니까, 부인?
수포 부인　그 저장품을 처음 받은 사람이 누구였지,
　　　　시몬? 그야 물론, 너의 부모겠지. 그들은 기회를
　　　　아주 잘 이용한 거야.
로베르　그것 참 뻔뻔스러운 일이군요. (수포 부인에게)
　　　　당신 자신이 마샤르 부부가 통조림들을 가져가도
　　　　록 종용했잖아요.
조르주　(동시에) 당신이 직접 저장품을 시장님 마음대
　　　　로 처분할 수 있도록 했습니다.

시 장   당신이 그랬어요, 부인.

수포 부인   (동요하지 않고 시몬에게) 너는 건방지고 불성
        실했으며, 제멋대로 굴었어. 그 때문에 너를 해
        고했어. 너는 내가 명령한 대로 떠났니?

시 몬   아니오, 부인.

수포 부인   너는 그렇게 하지 않고 여기서 빈둥거렸어.
        그리고 나서는 해고에 대한 복수로 벽돌 공장에
        불을 지른 거야, 그렇지 않아?

시 몬   (흥분하여) 그렇지만 저는 독일인에 대항해서
        그렇게 한 거예요.

로베르   그건 생마르탱 시 전체가 다 알고 있어요.

수포 부인   그래, 독일인들에 대항했단 말이지? 독일
        인들이 휘발유에 관해 알고 있을 거라는 건 도대
        체 누가 너에게 이야기해 주었니?

시 몬   중대장님이 시장님에게 말하는 것을 들었어요.

수포 부인   아, 너는 우리가 그 휘발유를 신고하기를
        원한다는 것을 들었단 말이지?

시 몬   중대장님이 그렇게 하기를 원했어요.

수포 부인   그러니까 너는 단지, 우리가 그것을 넘겨
　　　　　주지 못하도록 하기 위해 태운 거로구나. 내가
　　　　　확인하고 싶었던 게 바로 그거야.

시 몬   (절박하게) 나는 적에 대항하기 위해 한 거예
　　　　　요! 세 대의 탱크가 시청 앞 광장에 서 있었단
　　　　　말이에요.

수포 부인   그래 그것이 적이었니? 아니면 혹시 다른
　　　　　누군가가 적이란 말이냐?

　　　　　　(시 경찰관을 대동한 채, 안마당 대문 안에서
　　　　　　두 명의 수녀가 나타난다.)

시 장   여기서 무엇을 찾는 거야, 질?

경 찰   이 분들은 아주 엄격한 생 우르술라 수녀원의
　　　　　수녀들입니다.

중대장   나는 당신의 이름으로 생 우르술라에 전화를
　　　　　했습니다, 샤베 씨. (수녀들에게) 여러분들, 이 사
　　　　　람이 마샤르입니다.

시 장   무엇을 하려고 이러는 겁니까?

중대장　당신은 마샤르가 계속해서 제멋대로 돌아다니
게 내버려두는 것에 대해서는 생각하지 않으십니
까, 샤베 씨? (격한 어조로) 우리 손님들은 최소한
생마르탱 시가 공익을 해칠지도 모르는 요소들을
제거하기를 기대하고 있습니다. 당신은 존경하는
원수(元帥)의 연설을 숙지하지 못한 모양이군요.
프랑스는 위험한 시기를 경험하게 될 겁니다. 대
단히 전염성이 강한 반역의 싹을 없애버리는 게
우리의 임무입니다. 생마르탱 시에서 일어난 이
런 유의 화재로 충분합니다, 샤베 씨.

노리스　아, 독일인들을 위해 이런 추잡한 일을 해야
하다니. 그런데 그것도 기꺼이 하겠다는 말이죠,
어떻게 말입니까?

수포 부인　(냉정하게) 물론, 나는 마샤르를 이송하기
위해 투르 지방에 있는 검찰의 승인서를 받아 올
겁니다. 시몬은 여관의 소유물인 벽돌공장을 불
태웠어요, 그것도 비열한 개인의 동기에서 말입
니다.

조르주   시몬에게 개인적인 동기라니!

시 장   (아주 당혹하여) 당신은 저 어린아이를 파멸시키
         려는 겁니까?

로베르   (위협적으로) 여기서 복수심에 불타 있는 자가
         누구입니까?

주 인   로베르, 다시 묻지 말게. 그녀는 미성년이야.
         그녀는 수녀의 보호를 받을 걸세. 그게 전부야.

모리스   (깜짝 놀라서) 생 우르술라의 매맞는 감옥에서
         말이죠!

시 몬   (소리치며) 안 돼요!

시 장   시몬을 생 우르술라의 정신 박약아 수용소 속
         에 집어넣다니! 정신적인 고문을 하기 위한 이런
         수용소 속에, 이런 지옥에! 당신은 그녀에게 분
         명히 정신적인 사형을 선고하고 있다는 것을 아
         시요?

모리스   (냉혹한 여자들을 가리키며) 저 여자들을 보시오.

         (수녀들의 얼굴은 냉담하게 탈처럼 굳어 있
         다.)

조르주   여러분들은 독일인들이 그녀를 처형하도록 내
         버려두는 것이 더 나았을 텐데.

시 몬   (도움을 간절히 청하며) 그곳에서는 결국 사람들
         의 머리가 병적으로 붓게 된 데요. 그들의 입에
         서는 침이 흘러나오고요, 시장님. 그곳에선 사람
         을 묶어 둔데요!

시 장   (큰 소리로) 수포 부인. 투르 지방에서 심리를
         할 때, 나는 증인으로서 이 아이의 진정한 동기
         가 무엇이었는지를 진술하겠소. 진정해라, 시몬.
         네가 애국적인 동기에서 하였다는 걸 누구나 다
         알고 있단다.

수포 부인   (분노를 터뜨리며) 아! 휘발유로 불을 지른
         방화범인데도 국가적인 성녀(聖女)라고요. 그것
         이 꾸민 계략인가요? 프랑스가 불타고 있는 것
         이 프랑스가 구원되었다는 것이란 말이죠. 한편
         으로는 독일군의 탱크가 있었고, 다른 한편으로
         는 날품팔이의 딸인 시몬 마샤르가 있었어요.

중대장   샤베 씨, 이제까지의 당신 행적으로 보아, 프

랑스의 새 재판관들이 증인인 당신 진술에 큰 의
미를 둘 것 같지는 않군요. 투르 지방으로 가는
길도 당신 같은 사람들에게는 상당히 불확실해졌
어요.

모리스 (화를 내며) 이제야 명백해졌군요. 당신은 이곳
에 프랑스 인들이 있다는 고발에 대해 생마르탱
시가 깨끗이 혐의를 벗도록 하고 있군요.

수포 부인 프랑스 인이라고? (시몬을 붙잡고서 흔든다.)
너는 애국적이라는 것이 어떤가를 우리에게 가르
치려고 하는 거야? 수포 집안은 이 여관을 200
년 동안 지켜왔어. (모두에게) 당신네들은 애국자
를 보려고 합니까? (중대장을 가리키며) 여기에 애
국자가 있습니다. 우리는 여러분에게 전쟁이 필
요할 때는 언제고 또한 평화가 더 나은 때는 언
제인지를 말해 줄 수 있습니다. 당신네들은 프랑
스를 위해 무언가 하기를 원하십니까? 좋아요,
우리가 프랑스입니다, 아시겠어요?

중대장 흥분하시는군요, 시장. 시몬을 데려가게 하시

　　　지요, 시장님.
시　장　　내가? 당신이 이제 여기서 권력을 넘겨받은
　　　것 같군요.

　　　　　(가려고 몸을 돌린다.)

시　몬　　(두려워하며) 시장님, 가지 마세요!
시　장　　(어찌할 바를 모르며) 용기를 내거라, 시몬! (낙
　　　담하여, 비틀거리며 나간다.)
수포 부인　　(조용히 중대장 쪽을 향해) 불쾌한 사건을 끝
　　　맺으세요, 오노레!
중대장　　(경찰관에게) 내가 그 책임을 떠맡겠소.

　　　　　(경찰이 시몬을 붙잡는다.)

시　몬　　(나지막하게, 굉장히 겁에 질려) 생 우르술라로는
　　　안 돼요!
로베르　　개판이군! (경찰관에게로 가려 한다.)
모리스　　(그를 저지하며) 어리석은 짓 하지마, 로베르.

우리는 더 이상 그녀를 도울 수 없어. 그들은 경
찰이 있고, 독일인들도 있잖아. 불쌍한 시몬, 너
무나도 적이 많아.

수포 부인   시몬, 너의 물건들을 가지고 와.

        (시몬이 주위를 둘러본다. 그녀의 친구들은
        침묵하며 바닥을 보고 있다. 그녀는 곤혹스럽
        게 창고로 간다.)

수포 부인   (어중간하게 종업원들을 향하여, 태연하게 설명하
        면서) 그 애는 복종을 거부하면서, 권위를 인정하
        지 않고 있어. 그 애가 법과 규율을 지키도록 가
        르치는 것은 우리를 슬프게 하는 일이야.

        (시몬이 아주 작은 가방을 가지고 돌아온다.
        그녀의 앞치마를 팔에 걸치고 있다. 그 앞치
        마를 수포 부인에게 준다.)

수포 부인   자, 도대체 네가 가져가는 것이 무엇인지
        보게 가방을 열어 보아라.

주 인   그럴 필요 있어요, 어머니?

          (한 수녀가 그 가방을 연다. 그녀는 시몬의
          책을 꺼낸다.)

시 몬   그 책은 안 돼요.

          (수녀는 그 책을 수포 부인에게 준다.)

수포 부인   이건 여관의 물건이지.
주 인   제가 그 애에게 준 집니다.
수포 부인   이건 그 애에겐 아무런 도움도 되지 않았
          어. (시몬에게) 시몬, 종업원들과 작별인사를 해
          라.
시 몬   안녕히 계세요, 조르주 씨.
조르주   용기를 내겠지, 시몬?
시 몬   물론이에요, 조르주 씨.
모리스   건강 조심해.
시 몬   예, 모리스.

조르주　　나는 저 사촌을 잊지 못할 거야.

　　　　　　(시몬이 그를 보고 웃는다. 그녀는 차고 지붕
　　　　　　을 쳐다본다. 빛이 점점 희미해진다. 음악이
　　　　　　흐르고, 천사가 나타나는 것을 알린다. 시몬
　　　　　　이 차고의 지붕을 쳐다보고 그곳의 천사를 본
　　　　　　다.)

천　사　　프랑스의 딸이여, 두려워하지 말아라. 너와 싸
　　　　　　우는 사람은 아무도 오래가지 않을 것이다. 너에
　　　　　　게 폭력을 휘두른 손은 당장에 비틀어 버릴 것이
　　　　　　다. 그들이 너를 데려가는 곳에서도 마찬가지다.
　　　　　　네가 있게 될 곳은 프랑스다. 그리고 잠시 후면
　　　　　　영광 속에서 일어서게 될 것이다.

　　　　　　(천사가 사라지고, 다시 환하게 밝아진다.)
　　　　　　(수녀들이 시몬의 팔을 잡는다.)
　　　　　　(시몬이 모리스와 로베르에게 입맞춤을 하고
　　　　　　끌려간다.)
　　　　　　(모두 말없이 쳐다본다.)

시 몬   (안마당 대문에서 필사적으로 저항하며) 안 돼요,
        안 돼! 나는 가지 않겠어요! 나 좀 도와 주세요!
        수용소로는 안 가요! 앙드레! 앙드레! (그녀는 끌
        려간다.)

수포 부인   나에게 포도주를, 앙리야.

주 인   (얼굴을 찌푸리며) 모리스, 로베르, 조르주, 페르
        귀스타프, 일을 하도록 해! 이제 평화라는 것을
        잊지 말아라.

        (주인과 중대장이 수포 부인을 데리고 여관으
        로 들어간다. 모리스와 로베르가 안마당 대문
        을 통해 퇴장한다. 페르 귀스타프는 고무타이
        어를 고치려고 안마당으로 굴린다. 조르주는
        그의 마비된 팔을 살핀다. 하늘이 붉어지기
        시작한다. 페르 귀스타프가 조르주에게 그 하
        늘을 가리킨다. 여관에서 주인이 급히 나온
        다.)

주 인   모리스, 로베르! 불타고 있는 게 뭔지 즉시 알
        아봐. (퇴장)

페르 귀스타프　저건 분명 체육관이야. 피난민들 말이
야! 그들이 무언가를 배운 거야.

조르주　차는 아직 생 우르술라에 도착하지 않았을 거
예요. 그렇다면 시몬은 그 차에서 저 불을 볼 수
있겠죠.

작품 해설

시몬 마샤르의 환상

생성연도   1946년

초연   1957년 프랑크푸르트 시립극장

1. 작품의 생성사

1942년에 초판이 쓰여진 <시몬 마샤르의 환상(Die Gesichte der Simone Maechard)>은 1932년의 <도살로의 성(聖) 요한나(Die heilige Johanna der Schlachthöfe)>와 1952년의 <1431년 루앙에서의 잔 다르크의 소송(Der Prozeß der Jeanne d'Arc zu Rouen, 1431)>과 함께 잔 다르크 소재, 이른바 요한나 소재를 삼부작 형식의 문학으로 다룬 작품에 속한다. 세계 문학적으로 폭넓게 다루어지고 있는 이 요한나 소재는 서사문학, 소설, 드라마, 방송극, 전기물과 에세이 등 문학의 거의 모든 장르에 걸쳐 현대에 이르기까지 반복되어서 개작되고 있다. 특히 독일문학에 있어서 이 소재는 쉴러의 낭만주의 풍의 전원비극인 <오를레앙의 처

녀(Die Jungfrau von Orleans)> 이래로 패러디형식으로 다루어지고 있으며, 브레히트에 있어서는 서사극의 기법으로 극화된다.

1941년부터 미국에서 망명시절을 보내던 브레히트는 1942년에서 1943년에 이르는 겨울에 그의 친구인 리온 포이히트방어와 함께 <시몬 마샤르의 환상>의 초고를 쓴다. 프랑스 수용소에서 도망나와 1940년에 뉴욕에서 체류한 포이히트방어는 1941년부터 캘리포니아에 머물렀다. 포이히트방어는 이 시기에 <적대적인 프랑스, 페탱 성부 하에서의 나의 체험>이라는 보고서 형식의 글을 썼는데, 이 글은 비시정권의 프랑스에서 겪었던 체험담을 담고 있다. 그 해 여름부터 역시 캘리포니아에 있으면서 이 글을 읽게 된 브레히트는 이 작품을 포이히트방어의 가장 멋진 책이라고 칭찬하면서, <시몬 마샤르의 환상>의 원전으로 삼게 된다.

브레히트는 이미 1923/1924년 베를린 체류 기간 중 영국작가 말로(Marlowe)의 작품을 개작한 <영국의 에드워드 2세의 생애(Leben Eduards des Zweiten von

England)＞와 1925년에 ＜캘커타 5월 4일(Kalkuta, 4. Mai)＞에서 포이히트방어와 공동작업을 한 바 있다. 브레히트는 작품 구성의 탁월함과 언어의 세련미, 문학적인 착상 등으로 인해 포이히트방어와의 공동작업에 만족을 느끼던 터였다. ＜시몬 마샤르의 환상＞에서 시몬의 나이에 대해 두 사람 사이에 이견이 있었지만, 시몬의 애국심을 현실적으로 동기화시키기 위해, 브레히트는 그의 다른 작품에서와 같이 어린아이의 모습을 부각시킨다. 브레히트는 나치에 대한 프랑스 인들의 협력을 묘사하는 데 있어서 파시즘을 심리학적으로 논증하고자 한 포이히트방어의 생각을 받아들이지만, 또한 동시에 경제적인 시각으로 이 문제에 접근한다.

이 작품은 ＜시몬이 목소리를 듣는다(Simone Hears Voices)＞라는 제목으로 영역본으로도 출간된다. 이 작품의 영화제작권을 팔기 위해 브레히트는 포이히트방어를 통해 콜롬비아 영화사, 메트로 골드윈 메이저(MGM) 영화사와 협상을 벌였지만 별 성과를 거두지 못한다. 그러나 1942년 브레히트는 몇 개의 영화 프로

젝트에 참여한다. 그 한 예로 브레히트는 독일의 게슈타포의 총괄 책임자이며 소련에서의 유대인 학살에 깊이 간여하였던 하이드리히의 암살을 다룬 프리츠 랑(Fritz Lang)의 반나치즘적인 영화 <교수형 집행인도 죽는다(Hangmen also die)>의 대본에 영향을 준다. 이러한 가운데 1943년에 포이히트방어는 브레히트와 공동 집필한 소재인 시몬을 토대로 하여 정치 미학적인 소설 <시몬(Simone)>을 쓴다. 이 소설은 MGM의 관심을 끌어 할리우드에서 영화화 될 예정이었으나, 그 구상이 진행되는 동안 프랑스가 나치로부터 해방되어 저항이라는 정치적 소재의 가치가 경감되었다는 이유로 계획이 취소된다. 그 후 <시몬 마샤르의 환상>은 2년 동안의 수정을 거쳐 1946년에 지금의 제목으로 완성된다.

미국의 망명생활에서 돌아온 브레히트는 주르캄프 출판사에 이 작품을 출간하려고 했지만 민감한 부분에서 프랑스 인들을 자극할 우려가 있다는 이유로 거절당한다. 1955년 이 작품 때문에 다시 그는 포이히트방어와 만나게 된다. 브레히트는 자신의 친구인 음악가 한스 아이슬러(Hans Eisler)의 충고를 받아들여 첫 장면에서부터 계속 나타나는 '책'의 역할을 강화시키고 여주인공의 모순성을 심화시키면서, 이 작품의 마지막 부분에 손질을 가한다. 브레히트가 작고한 해인 1956년에 이 작품은 동독의 잡지인 <의미와 형식(Sinn und Form)>에 실린다. 1957년에 프랑크푸르트 시립극장에서 초연되고, 1967년에 구동독에서 한스 아이슬러의 음악을 곁들여 영화화된다.

2. 작품내용

　전형적인 서사극인 <시몬 마샤르의 환상>은 역사적인 맥락에서 보면, 파리가 함락되는 1940년 6월 14일에서부터 휴전협정이 체결되어 비시정권이 들어서게 되는 6월 22일까지의 짧은 기간을 묘사하고 있다. 브레히트는 각 장면에서 사건의 시점을 밝혀 이러한 역사적인 배경을 분명히 하고 있으며, 이러한 역사적 사건을 꿈과 환상이라는 문학적 형식을 빌려 우화적으로 각색하고 있다. 각 장면들의 내용을 간략하게 요약하면 다음과 같다.

　제1장면. '책'의 장면. 프랑스의 마지노선이 무너져 네덜란드가 항복한 지 5일이 지나고, 파리가 저항도 하지 못한 상태에서 함락되기 시작하는 역사적인 시점을

암시하는 1940년 6월 14일 밤이다. 무대는 운송업을
함께 하는 여관 마당이며, 이 여관은 프랑스를 환유적
으로 암시하고 있다. 하늘에는 비행기 소리가 들려온
다. 종업원들이 자기의 일을 생각하며 앉아 있다가 그
소리를 듣는다. 이 여관의 운전사인 모리스가 조르주에
게 말을 건넨다. "저 비행기가 우리 비행기야, 독일 비
행기야?" 그러나 전쟁에서 부상을 당해 돌아온 지 얼마
안 된 조르주는 별 반응이 없다. 비행기 소리는 독일군
의 전격적인 침공을 암시하고 있다. 프랑스의 전투기는
이륙하지도 않고 있다. 100억 프랑을 들여 만든 전투
기와 요새들. 하지만 국방부 장관의 애인과 국무총리의
애인이 서로 의견이 달라 프랑스 군은 출전명령도 받지
못하고 있다. 여관의 나이 어린 여종업원 시몬 마샤르
는 주인에게서 받은 ≪오를레앙의 처녀≫라는 책을 읽
고 있다. 그녀는 프랑스의 역사를 책으로 배우는 것이
다. 전방에 있어야 할 연대장이 후방으로 도망 오고, 여
관 주인인 앙리 수포는 자신의 어머니와 친한 파시스트
인 중대장에게 포도주를 가져다 주는 것에만 신경을 쏟

고 있다. 그때 생마르탱 시의 시장인 필립 샤베가 피난민들을 수송하기 위해 여관의 화물차를 압류하러 온다. 피난민들로 꽉 차 있는 거리에 군대가 지나갈 수 있도록 하기 위해서다. 그러나 주인은 파시스트인 페탱 중대장의 포도주를 실어 나르기로 했다는 이유에서 화물차 사용을 거절한다. 불쌍한 피난민들은 며칠간 아무것도 못 먹어 굶주린다. 여관의 주인은 심지어 병사들의 식량조차 조금밖에 주지 않는다. 그 병사들의 부대에 자신의 오빠인 앙드레가 소속되어 있어 시몬의 걱정은 가중된다. 이러한 가운데 그녀는 꿈을 꾼다. 역사적으로 실증된 '역사책'인 《오를레앙의 처녀》를 읽으면서 시몬의 유아적 상상력은 역사와 혼재된다. 이러한 가운데 시몬의 꿈속에서 천사로 나타난 오빠가 오를레앙의 처녀가 된 시몬에게 위기에 처한 프랑스를 구하라는 커다란 사명을 맡긴다.

  제2장면. '악수'의 장면. 독일군의 침공을 알리는 라디오 방송을 듣고 모두들 피난을 간다. 여관 주인인 앙

리뿐 아니라 연대장조차도 도망간다. 하지만 시몬은 여
관 주인이 화물차로 창고에 있는 식량과 물품을 싣고
도피하려는 사실을 시장에게 알려, 이를 저지시킨다.
그때 체육관에 머물러 있던 피난민들이 몰려온다. 피난
민들은 화물차 사용과 식량을 요구한다. 이중장면 속에
서 화물차 사용에 대한 토론이 벌어진다. 주인은 식량
내어 주기를 쉽사리 허락하지 않지만, 그의 어머니인
수포 부인은 '흔쾌히' 허락한다. 자신의 소유물을 지키
기 위해 곧잘 애국심에 호소하는 여관 주인과 수포 부
인은 티협의 사세가 되어 있다. 앙리는 어쩔 수 없이
화물차와 저장된 식량을 내어 주면서 종업원들에게 화
해의 악수를 청한다. 그러나 시몬은 여전히 무기력하
다. 혼란스러운 축제의 음악이 들리는 두 번째의 꿈속
에서 그녀는 칼 7세로 등장하는 생마르탱의 시장으로부
터 귀족작위를 수여 받는다. 그러나 국왕의 칼이 아니
라 시몬의 칼로써 행해진 이 작위 수여식에서 국왕은
그 칼을 여관 주인에게 준다. 자신의 칼을 되돌려 받지
못하자, 시몬은 자신이 여관에서 해고당할 것이라고 격

정한다. 그때 또 다시 천사가 나타나 프랑스를 구할 방법은 적이 아무것도 약탈하지 못하도록 적에게 필요한 모든 것들을 파괴해버리는 것이라고 전해 준다. 그 천사가 전해 주는 말은 다음과 같다.

천 사   들을지니!
　　　너희들의 도시에 정복자가 들어오면
　　　마치 그가 아무것도 정복하지 못한 것처럼 되어야 한다.
　　　그에게 열쇠를 건네 주는 자가 있어서는 아니 된다.
　　　오는 자는 손님이 아니라 독충이기 때문이다.
　　　그를 위해 어떠한 식사도, 어떠한 식탁도 차려서는 아니 된다.
　　　침대와 의자는 없애야 한다.
　　　태울 수 없는 것은 숨겨야 한다.
　　　모든 항아리의 우유는 비워 버려야 하고, 모든 빵은 묻어 버려야 한다.

그는 도와 달라고 외칠 것이다. 그는 괴물이라고
불려야 할지니.
그는 흙을 먹어야 한다. 불 속에서 거해야 한다.
어느 재판관의 동정도 탄원해서는 안 될지니라.
너희의 도시는 있었다고 하지만 기억할 수 없으
며, 아무것도 아니니.
그가 쳐다보는 곳은 공허하며, 그가 지나가는 곳
은 텅 비어 있으라.
마치 어떤 음식점도 전혀 없었던 것처럼.
가서 파괴하라!

　제3장면. '불'의 장면. 마침내 독일군들이 시내로 들
어온다. 시청 앞 광장에는 적의 탱크 세 대가 있다. 시
몬과 조르주의 대화에서 여관 주인의 어머니인 수포 부
인이 내면적인 갈등을 겪고 있다는 점이 제시된다. 상
황이 바뀐 후, 독일군이 주둔한 상황에서 이제 수포부
인은 여관의 식량을 나누어 주겠다는 약속을 이행하지

않으려 한다. 뒤이어 시몬과 시장은 벽돌공장에 남아 있는 휘발유에 대해서 대화를 나눈다. 이러한 가운데 이 작품의 주도동기인 "부자는 부자끼리 한통속이 된다" 는 말이 기계적으로 반복되며 시몬은 백일몽을 꾼다. 그녀의 세 번째 꿈에서 프랑스의 칼 7세의 어머니인 이사보로 나타나는 수포 부인이 영국과 결탁한 부르군트 공작으로 등장하는 독일 중대장과 함께 하는 카드놀이 는 이러한 냉소적 아이러니를 역사적 연관관계에서 보여 주고 있다.

수포 부인-이사보 나는 더 이상 폭도들을 보고 싶지 않아요, 사령관님.

독일 대위-사령관 이사보 왕비님, 우리 뒤에 숨으십시요. 제가 모두를 마당에서 내쫓고 질서를 바로 잡겠습니다. 계몽시킬 겁니다.

시 장 - 왕 한 번 들어보시오! 저기서 북소리가 들리는 것 같다는 내 말이 맞지 않소?

(멀리서 요한나의 북소리가 들린다.)

중대장-부르군트　　나는 들리지 않는 걸요. 클로버 에
　　　　이스 카드를 내놔요.

(북소리가 그친다.)

시　장－왕　　(머무적거리며) 아니라고요? 부르군트 공
　　　　작, 나의 요한나가 어려움에 빠져서 도움을 필요
　　　　로 하고 있다고 생각하고 있소, 아시겠소!

중대장-부르군트　　하트 10번 카드요. 나는 포도주를
　　　　팔기 위해 평화가 필요해요.

독일 대위-사령관　　부인, 별미 식사의 가격은 얼마입
　　　　니까?

수포 부인-이사보　　누가 패를 섞죠? 은닢 만 개입니
　　　　다, 사령관님.

시　장－왕　　이번에 나는 확신해요. 그녀가 위험에 처
　　　　해 있는 게 틀림없어요, 더 자세히 말하면 죽을
　　　　지도 몰라요. 나는 그녀를 도우러 급히 가야 해

요. 그리고 모든 것을 취소시켜야 합니다. (그는
손에 카드를 쥐고서 일어선다.)
중대장-부르군트   조심하세요. 당신이 지금 간다면, 마
지막이 될 겁니다. 당신은 잘 모르고 있어요. 계
속해서 마음이 산란하면 어떻게 놀이를 할 수 있
겠어요. 클로버 잭입니다.

이러한 유희적 역사는 조르주가 시몬을 깨우면서 다
시 현실로 바뀐다. 수포 부인은 피난민들의 구걸로부터
벗어나기 위해 파시스트인 독일 중대장을 의지한다. 그
녀의 아들인 여관 주인은 프랑스군을 위해 벽돌공장에
불법적으로 저장된 휘발유를 내어달라는 시장의 요청을
거부하였지만, 그녀는 그 휘발유를 독일군들에게 건네
주려 한다. 시몬은 그 점을 걱정하여 조르주에게 도움
을 청하지만 그는 별로 관심을 기울이지 않는다. 그녀
는 홀로 벽돌공장으로 간다. 시몬은 꿈속에서 천사가
전해준 "가서 파괴하라"라는 임무를 수행함으로써 드라
마의 비현실적인 사건을 현실화시킨다. 하늘이 붉어지

더니 폭발음이 들린다. 이 방화사건에 대한 책임논쟁 가운데 주인인 앙리가 시몬을 '위로'하는 장면이 있다. 운전사 모리스는 이때 관객을 향해 독백적인 어투로 "그녀는 책을 잘 읽지 않았어"라고 말하면서, 사회적 모순을 혁명적으로 인식하도록 암시한다.

제4장면. 이 장면은 시몬의 네 번째 꿈인 재판소의 장면으로 시작된다. 벽돌공장의 방화혐의로 독일군은 시몬을 프랑스의 종교재판에 넘긴다. 어지러운 음악이 흘러나오는 가운데 오를레앙의 소녀인 시몬은 나치마크가 그려진 검은 옷을 입고 있는 군인들에게 둘러싸여 있다. 재판과정은 평상적인 재판과는 달리 판결 다음에 심리가 이어진다. 육군대령, 중대장, 여관 주인과 시장이 추기경과 주교로 구성된 재판관으로 등장하여 시몬에게 사형을 언도한다. 이들 재판관들은 오를레앙 시의 해방을 위해, 오를레앙 시의 역겨운 자들을 부양한 것에 대해, 파리 시에 대한 음모와 암거래한 휘발유에 대해, 그리고 모든 프랑스 인의 화합을 위해 사형을 언도

한다. 이어지는 천사에 대한 심리과정에서 사람들은 시몬에게 나타났다는 천사가 증인으로 출석하기를 요구하지만, 천사는 나타나지 않는다. 시몬의 비탄조의 파토스와 그것에 대한 수포 부인의 빈정거림으로 네 번째 꿈의 장면은 끝난다.

중대장   하나님이 어디에 있느냐, 요한나? 낮은 곳에서냐 높은 곳에서냐? 그리고 소위 너의 천사라는 자는 어디에서 왔지? 낮은 곳에서겠지. 그러면 그는 누구의 사자(使者)지? 하나님의 사자냐? 어쩌면 악마의 사자일지도 모른단 말이지?

수포 부인   악마의 사자예요! 오를레앙의 요한나, 네가 들은 목소리는 악마에게서 들려온 거야!

시 몬   (크게) 아니에요, 아니에요! 악마가 아니란 말이에요.

중대장   그를 불러들여라, 너의 천사 말이야! 아마도 그가 오를레앙의 위대한 소녀인 너를 변호해 줄지도 모르지. 법원지기, 자네 할 일이나 해라.

페르 귀스타프   (외친다.) 이로써 루앙의 존엄한 종교 재판소는 여러 날 밤 이 소녀에게 나타났다는 이름 모를 천사가 그녀를 위해 증언할 것을 요구합니다.

(시몬은 차고의 지붕을 본다. 그곳은 비어 있다. 페르 귀스타프는 그 요구를 반복한다.)

시 몬   (안절부절 못하면서 웃고 있는 재판관들을 쳐다본다. 그리고 나서 웅크리고 앉고서 어찌할 바를 몰라 땅바닥을 치기 시작한다. 하지만 아무런 소리도 들리지 않고, 차고의 지붕에는 아무도 없다.)
여기서는 아무런 소리가 없어요. 무슨 일이 일어난 거예요? 아무런 소리가 없어요! 프랑스의 땅은 더 이상 울리지 않아요! 여긴 울리지 않고 있어요!

수포 부인   (그녀에게 가까이 다가간다.) 너는 도대체 누가 프랑스인인지 알고 있느냐?

그 다음날 아침. 휴전협정으로 인해 새로운 법과 질서가 지배하게 되고, 여관 주인은 꾸린 짐을 다시 푼다. 시 경찰관은 수녀들을 대동하고 시몬을 이송하려고 나타난다. 시몬은 화형 대신에 정신병원과도 같은 우르슬라 수녀원에서 보호받도록 선고받는다. 하지만 그것은 정신적인 사형선고와도 같은 것이다. 여관 주인이 문학 정신과 시민적인 애국심이 고양되기를 기대하면서 시몬에게 주었던 책은 그 어머니인 수포 부인에 의해 다시 빼앗긴다. 여관의 모든 고용인들이 국가권력 앞에 체념한 상태에서 시몬은 시 경찰관에 의해 끌려가면서, "영광 속에서 일어서게 될 것이다"라는 천사의 목소리를 듣게 된다. 마지막에 다시 하늘이 붉어지고 폭발음이 들린다. 그 장면을 보고 늙은 종업원인 페르 귀스타프는 말한다. "저건 체육관임에 틀림없어. 피난민들! 그들이 무언가를 배운 거야." 우르술라 수녀원으로 가는 차를 바라보면서 조르주가 덧붙인다. "시몬은 그 차 안에서 저 불을 볼 수 있겠죠."

3. 작품해설

  <시몬 마샤르의 환상>은 책, 악수, 불 그리고 재판
소라는 소제목이 붙은 네 가지의 장면과 각 장면 속에
서 환상적인 우화로 나타나는 꿈의 장면들로 구성되어
있다. 이 작품은 특히 꿈의 장면들을 형상화시키는 데
에 있어서 잔 다르크의 역사로 거슬러 올라간다. 프랑
스의 상징적인 인물로서 그녀의 민족 문학적인 의미는
20세기까지 지속되고 있다. 브레히트가 이 잔 다르크
소재를 다루기 위해 문학적인 원본을 사용했다는 언급
은 없으나, 이 작품에서의 내용이 역사적인 사건과 상
세한 부분에서 일치한다는 점에서 학술적이거나 문학적
인 잔 다르크 전기(傳記)를 원용했다고 짐작된다. 이
전기들은 예외 없이 1431년과 1456년의 그녀의 재판

내용을 담고 있다.

<시몬 마샤르의 환상>은 1940년 6월 14일 파리가 독일에 의해 점령된 시점에서 시작해서 페탱 정부에 의해 휴전이 체결된 것을 암시하는 것으로 끝난다. 브레히트가 이러한 역사적 상황을 잔 다르크 우화를 통해 문학적으로 원용을 할 수 있었던 것은 1941년 브레히트가 앙드레 모루아(Andre)의 프랑스 레지스탕스의 좌절을 분석한 <프랑스의 비극(Die Tragödie Frankreichs)>이라는 번역본을 읽은 것에 기인하는 것으로 보인다. 이 번역본의 영향으로 요한나 작품이 구상된다. 특히 네 가지의 꿈 장면을 삽입시키면서, 그는 비자연주의적인 문체를 도입한다. 하지만 현실과 꿈의 영역을 연결하는 우화적인 천사의 목소리는 개연성의 색채를 지니면서 자연주의적으로 묘사된다. 이는 브레히트의 개념인 몸짓의 부재를 해소시키면서, 모순성이 결여된 순수한 갈등드라마의 성격을 벗어나려는 시도로 해석된다.

사회적 자료로서 이 작품이 제시하는 두 가지 정치적

관점을 그는 <작업일지>에서 간명하게 적고 있다. 첫째는 국민을 대표하는 잔 다르크의 목소리는 국민의 목소리라는 점이다. 둘째는 당시에 사회적 상황은 두 국가 사이에 전쟁이 일어났을 때, 양국의 피지배계층은 피지배계층끼리, 또한 지배계층은 지배계층끼리 공통의 이해관계를 가지고 있다는 점이다. 즉 어깨와 어깨를 맞대고 가진 자들과 약탈자들은 소유를 인정하지 않는 사람들과 맞서 있다는 점이다. 이러한 대립관계는 <카라르 부인의 총기(Die Gewehre der Frau Carrar)>, <제2차 세계대전 중의 슈바이크(Schweyk im Zweiten Weltkrieg)>, <꼬뮨의 역사(Die Tage der Commune)>에서도 유사하게 주제화되고 있다. 또한 이데올로기적으로 부각되는 것은, 외부의 적의 침입이라는 전쟁이 내부적으로 계급투쟁을 불식시킬 수 없다는 점이다.

이러한 정치적이고 이데올로기적인 관점을 묘사하기 위해 <시몬 마샤르의 환상>에서 조그만 여관이 무대 배경이 된다. 이 작품의 주된 등장인물은 비동질적인 계층으로 이루어져 있다. 여관 주인인 앙리 수포, 그의

어머니인 수포 부인, 운전사인 모리스와 로베르, 전쟁
터에서 팔을 부상당한 군인 조르주, 귀스타프 노인 그
리고 착취당하고 있는 여주인공 시몬이 그들이다. 큰
신을 신고 있는 11살 난 시몬은 어른이 하는 일을 한
다.

또한 생마르탱 시의 시장인 필립 샤베는 국가기관의
무능함을 풍자하고 있으며, 비시정권의 페탱을 암시하
는 파시스트인 페탱이 부유한 포도원의 소유자로서 자
본주의 계급을 대변하고 있다. 샤베가 시몬의 편을 들
면서도, 그리고 앙리가 종업원들에 대해 취한 사보타주
(조업방해)를 비난하면서도 앙리의 사업에는 관여하지
못함으로써, 국민을 대변하는 국가권력이 매수당하고
있음을 암시하고 있다. 이 작품에서 국민은 여관의 종
업원들뿐 아니라 독일 군대를 피해 안전한 곳을 찾고
있는 피난민들로 묘사된다. 이들은 전쟁을 혐오하는 계
층이다. 그러나 이들은 파시스트인 독일군이 오기 전에
이미 역압받고 있던 자들이다.

시몬은 주인인 앙리가 건네준 <오를레앙의 처녀>라

는 책을 읽으면서 착취당하고 있는 자신의 현실에서 조금씩 멀어진다. 자신의 소유물을 지키기 위해 애국심에 호소하는 앙리와는 달리, 그녀의 유아적인 환상은 소국을 구출하는 꿈으로 발전한다.

적군인 독일 중대장을 손님처럼 맞이하는 프랑스 중대장 오노레 페탱뿐만 아니라 수포 부인에게서 보여지는 것처럼, 폭력에 동의하거나 이에 기여하는 사람들에 대한 브레히트의 견해는 천사가 시몬에게 명령하는 우화에서 잘 나타난다. 꿈의 환상 속에서 시몬의 오빠인 앙드레가 그 역할을 대신하고 있는 이 우화는 시몬이 독서에 침잠하면서 현실화된다.

꿈속 장면들은 우선적으로 다른 모습이긴 하지만, 현실의 사건들을 재현하고 있다. 이러한 의미에서 꿈의 장면들은 현실의 사건을 반영한 거울이라 할 수 있다. 그러나 다른 한편으로 꿈의 장면들은 현실에서 언급되지 않는 사실들에 대해 해설해 줌으로써 그 사실을 의식할 수 있게 한다. 그리고 현실 속에서 은폐되어 있는 사건들을 비유적으로 보여 주면서 현실의 사건들을 변화된 모습으로 보여 주고 있다. 이런 의미에서 꿈의 장면들은 현실의 사건에 대해 낯설게 느끼게 해서 문제를 제기하게 함으로써 이른바 소외효과를 불러일으킨다. 예를 들어 꿈의 장면을 현실화시키는 <오를레앙의 처녀>라는 책 속의 사건도 역사적 내용과는 다르게 묘사된다. 그리고 두 번째 꿈의 장면에서 왕으로 나타나는 샤베 시장이 요한나 신화에서처럼 시몬에게 귀족작위를 부여하지만, 이 신화와는 달리 그녀에게서 칼을 빼앗아 경제적으로 부유한 인물인 앙리에게 건네준다. 즉 이는 국민의 권력이 국가에 의해 탈취되는 것을 암시한다.

세 번째 장면인 불의 장면에서도 책의 모티프는 계속 이어진다. 특히 운전사인 모리스가 이 장면의 마지막 부분에서 "그녀(시몬)는 책을 잘 읽지 않았어"라는 독백조의 말은 시몬이 이 책을 계급투쟁을 위한 기록문서로 읽은 것이 아니라, 단순한 역사책 내지는 애국적 투쟁을 위한 책으로만 읽었다는 것을 의미한다. 어쨌든 시몬은 책 속에서 나오는 환상적인 천사의 명령에 따라 적에게 내어 주게 될 휘발유에 불을 지르게 된다. 이러한 유아적이며 유희적인 행위로 인해 시몬은 요한나 신화에서처럼 종교재판에 회부된다. 하지만 나이 어린 시몬에게서 보여지는 꿈과 현실을 오가는 유희는 신화에서보다는 훨씬 다양한 문학적 연관성을 지니고 있다. 이러한 현실과 꿈의 유희는 네 번째 장면인 재판소 장면에서 그 가면이 벗겨지면서 시몬에게는 현실적으로 부각된다.

또한 극중의 극 형식으로서 이 작품의 마지막에 보여지는 '재판소' 장면은 브레히트에게서 자주 보여지는 드라마기법이다. 서사적 기법 중의 기본모형에 속하는 이 장면에서 관객은 꿈의 장면에서와 마찬가지로 연극적 사건을 이중으로 체험하게 된다. 관객은 무대 위에서 구성되는 연극을 또다시 보면서 관객으로 하여금 자신의 위치를 인식하게 한다. 이 재판장면에서 브레히트는 소송과정의 문제점을 노출시킴으로써 그 부당성을 관객에게 제시한다. 브레히트가 그의 <작업일지>에서 적고 있듯이, 우선 이 작품의 주인공인 시몬 마샤르가 어린 나이에도 불구하고 어른처럼 생각하고 말하며 행동하는 것은 이러한 소외효과에 속한다. 선전효과를 노리는 여관 주인의 의도적이며 이기적인 애국심과는 대조적으로, 진지하지만 유아적인 시몬의 애국심은 역사적인 계급을 가진 대변자의 애국심이라는 모순성에 있어서 관객에게는 비판적인 판단의 대상이 된다.

'책'의 장면에서의 시몬의 노래와 '불'의 장면에서의 운전사 로베르의 노래 등도 이러한 소외효과를 나타내는 대표적인 기법에 속한다. 노래는 무대상의 사건을 일반화하고 해설하면서 연극의 허구성을 밝히고 해결되이아 할 모순을 세시함으로써 관색들의 비판적인 사고를 자극한다. 이는 사고진행을 입체화시키는 서사적 기능이라 볼 수 있다. 또한 화해와 가시적인 형제애를 암시하면서 유산자 계급의 이데올로기를 보여 주는 '악수'의 장면에서 나오는 이중장면의 묘사도 이러한 효과를 자아낸다. 무대에서 두 가지 사건을 동시에 보여 주는 이중장면은 관객들에게 등장인물들이 보는 것보다 더 많은 것을 보게 함으로써, 비판적 판단을 할 수 있도록 하기 위한 의식적인 관찰을 유도한다.

　마지막으로 주인공에게 나타난 소외효과에 대해 살펴
보면 다음과 같다. 독서 과정에서 어린 시몬 마샤르는
다시 태어난 요한나로서 프랑스 레지스탕스의 상징적인
여주인공이 된다. 그러나 몽상적인 꿈과 현실적인 삶
속에서 보여지는 시몬 마샤르는 브레히트의 다른 작품
의 주인공들, ＜갈릴레이의 생애(Leben des Galilei)＞
에서의 갈릴레이나 ＜코카시아의 백묵원(Der kauka-
sische Kreidekreis)＞에서의 아츠닥, 또는 ＜억척어멈과
그의 아이들(Mutter Courage und ihre Kinder)＞에서의
억척어멈처럼 상반된 감정의 소유자이다. 특히 네 가지
의 꿈의 장면은 문학적으로 이미 관객에게 역사적으로
잘 알려진 행위모델을 제시함으로써, 현실과 꿈의 이중
적 시간구조 속에서 이러한 상반된 현실행위를 보완하
고 있다. 즉 잔 다르크는 그녀의 조국을 외부의 적들로
부터 구해내지만, 내부의 적들에 의해서는 억압받는다
는 행위모델을 제시함으로써 유아적인 시몬의 애국적인
행위에 대한 관객들의 거리감을 유지시킨다. 환언하면,
이러한 소시민적 행위가 현실에서는 결국 파멸의 과정

으로 이어진다는 사회적 모순성을 부각시키고 있다. 브레히트가 포이히트방어와 함께 이 작품을 구상함에 있어서 역사적인 인물인 잔 다르크보다 시몬의 나이를 더욱 어리게 하자는 주장은 이러한 비극적 효과를 더욱 강조하고자 하는 의도로 이해된다. 특히 꿈의 장면은 극적 시간을 확장시키고 현실을 역사적으로 비교시킴으로써 현실사건을 보다 투명하게 하면서 동시에 소외시키고 있다.

이 작품의 맨마지막에서 젊은 여성의 교화를 위해 시몬을 우르슐라 수녀원으로 보내는 장면에서는 혼돈된 세계에서 기독교와 교회가 여전히 사회에 대해 어떤 사명을 지니고 있다고 생각하는 사람들에 대한 브레히트의 회의가 두드러지게 나타나고 있다. 수녀원으로의 유배로 끝나는 이 열린 드라마에서 결국 요한나 신화는 아이러니컬하게도 '교화가 아직 덜 된' 시몬의 유아적 이야기로 끝을 맺는다. 역사에서 알고 있듯이, 제2차 세계대전 당시 프랑스 사회의 지배층은 파시스트와 결탁하고 있음을 환상적 형식으로 극화하는 있는 브레히트의 리얼리즘은 이러한 조소적인 아이러니의 기법 속에서 제시된다. 이를 통해 브레히트는 역사적 가치판단이 전도된 사회적 허위성을 폭로하고 있다. 문학과 역사를 꿈의 장면 속에서 동시에 보여 주는 이 작품은 커다란 역사적 사건을 현실과 대비시키면서 역사의 주체가 소시민이 아니라 왜곡된 현실과 영합하는 지배계급이며, 소시민은 역사의 희생자임을 관객이 인식하도록 촉구하고 있다.

연 보

1898년 2월 10일, 독일 아우크스부르크에서 제지공장 직
      원의 아들로 출생. 세례명은 오이겐 베르톨트 브레
      히트.
1914년 <아우크스부르크 최신 뉴스> 신문 부록에 시,
      단편 등을 발표하기 시작.
1916년 위의 신문에 <포르트 도날트의 철도 부대의 노
      래> 발표.
1917년 레알김나지움 졸업. 뮌헨대학 입학, 의학 전공.
1918년 아우크스부르크의 야전병원에서 위생병으로 근
      무. <바알>의 초안 완성.
1919년 희곡 <밤중의 소리> 집필. 연인 파울라 반홀처
      가 아들 프랑크 출산.
1922년 성악가 마리안네 초프와 결혼. 클라이스트 문학상
      수상.
1923년 딸 한네 출생, 후일 한네 히옵으로 배우 생활.
1924년 베를린으로 이주, 독일극장에서 희곡 전문가로 일

함. 헬레네 바이겔이 아들 슈테판 낳음.

1926년 <남자는 남자다> 초연, 마르크스의 저술 탐독.

1927년 <가정 기도서> 출간. 초프와 이혼.

1928년 <서푼짜리 오페라> 초연으로 대대적인 성과를
거둠.

1929년 바이겔과 결혼, 교훈극 <린드버그의 비행>과 <
동의에 관한 바덴의 교훈극> 초연.

1930년 <마하고니시의 흥망성쇠> 초연. 딸 바르바라 출
생. <조치> 초연.

1931년 <서푼짜리 오페라> 등 영화화.

1932년 <어머니> 공연. 라디오 방송극 <도살장의 성
요한나> 방송됨. 친구들과 유물변증법 연구회를
조직함.

1933년 2월 28일, 가족과 함께 독일을 떠나 망명길에 오
름. 프라하, 빈, 취히리, 루가노, 파리 등지를 거쳐
덴마크의 퓌넨 섬에 정착.

1935년 모스크바 여행. 망명 문인들과 파시즘 반대 투쟁
을 위한 토론에 참석. 나치스 정부에 의해 독일 국
적 박탈됨. 파리의 '문화 보호를 위한 문필가 회의
에 참석. <어머니>의 미국 공연을 위해 뉴욕 여
행.

1936년 런던의 국제 문필가 회의에 참석. <둥근 머리와
　　　뾰족 머리>를 덴마크 어로 코펜하겐에서 초연.
1937년 <카라르 부인의 총기(銃器)>가 독일어로 파리
　　　에서 초연됨.
1938년 <갈릴레이의 생애> 초판 원고 작성.
1939년 스톡홀름 근교로 이주. <억척어멈과 그 자식들>
　　　및 방송극 <루쿨루스의 심문> 집필.
1940년 헬싱키로 감. <세추안의 선인(善人)> 집필 시작.
　　　민속희곡 <푼틸라 씨와 그의 하인 마티> 집필.
1941년 레닌그라드, 모스크바를 거쳐 시베리아 횡단철도
　　　로 블라디보스톡에 도착하여 배편으로 캘리포니아
　　　로 감. 할리우드 근교에 정착.
1942년 <시몬 마샤르의 환상들> 집필.
1943년 뉴욕 체류. <제2차 세계대전 중의 슈바이크>
　　　집필. '자유독일 국민협의회' 구성 노력. <갈릴레이
　　　의 생애> 취리히 초연.
1944년 산타 모니카에서 <코카시아의 백묵원> 집필 시
　　　작. 이듬해 완성.
1945년 <갈릴레이의 생애> 영역본 완성.
1947년 미국에서 스위스,. 베를린으로 귀환 노력.
1948년 막스 프리쉬와 친교. <연극론 소책자> 집필.

1949년 동베를린에서 <억척어멈과 그 자식들> 공연. 취
리히에서 <파리 코뮨의 역사> 집필. 베를린 귀향.
베를린 앙상블 창설.

1950년 오스트리아 국적 획득.

1951년 〈루쿨루스의 심문〉 초연. 베를린 근교 부코에 별
장 매입.

1952년 〈1431년 루앙에서의 잔 다르크의 소송〉 집필.

1953년 베를린 봉기에 대처하는 정부의 조치를 비판하는
편지를 씀. 〈투란도트 또는 변론자의 회의〉와 〈부
코의 비가〉 집필.

1954년 <억척어멈과 그 자식들> 공연여행. 파리의 국제
연극제에 참가. 베를린 앙상블이 새로 단장한 쉬프
바워담 극장에 입주하여 브레히트 자신의 연출로
<코카시아의 백묵원> 공연.

1955년 모스크바 여행. <코카시아의 백묵원>이 갈채를
받고 있는 파리로 여행.

1956년 8월 10일, 베를린 앙상블의 런던 공연을 위한 <
코카시아의 백묵원> 연습 참관.

8월 14일, 베를린에서 사망. 생전에 유언에 따라
공식적인 행사 없이 3일 후 도르테 공동묘지에 안
장됨.

옮긴이 약력

서울대 독문학과 졸업,
독일 쾰른대학교에서 독문학을 전공(독문학 박사).
현재, 한양대 독문과 교수 재직.

저서
《칼 크롤로우와 독일시 전통》 (독문),
《아름다운 독일시와 가곡》
《아름다운 독일 연가곡》

논문
《문학으로서의 체계이론》
《아도르노의 비판이론과 미학》
《벤야민의 매체이론》
《모더니즘의 영상미학》
《크라카우어의 영화미학》 등 다수가 있다.

시몬 마샤르의 환상 〈서문문고 318〉

초판 인쇄 / 2000년 6월 10일
초판 발행 / 2000년 6월 15일
옮긴이 / 피 종 호
펴낸이 / 최 석 로
펴낸곳 / 서 문 당
주 소 / 서울시 마포구 성산동 103-7호
전 화 / 322—4916~8 팩스 / 322-9154
등록일자 / 1973. 10. 10
등록번호 / 제13-16